クニマスは生きていた！

池田まき子

汐文社
ちょうぶんしゃ

〈70年ぶりに発見されたクニマス〉

秋田県の田沢湖にしかすんでいなかったクニマスは、1940年（昭和15年）に始まった玉川からの導水により姿を消したが、2010年（平成22年）、山梨県の西湖で生きながらえていることが明らかになった。写真は人工授精で生まれた3歳魚。

西湖の天然クニマスのメス（上）とオス（下）。

写真提供：山梨県水産技術センター。

〈田沢湖でかつて行われていたクニマス漁にまつわる古い文献〉

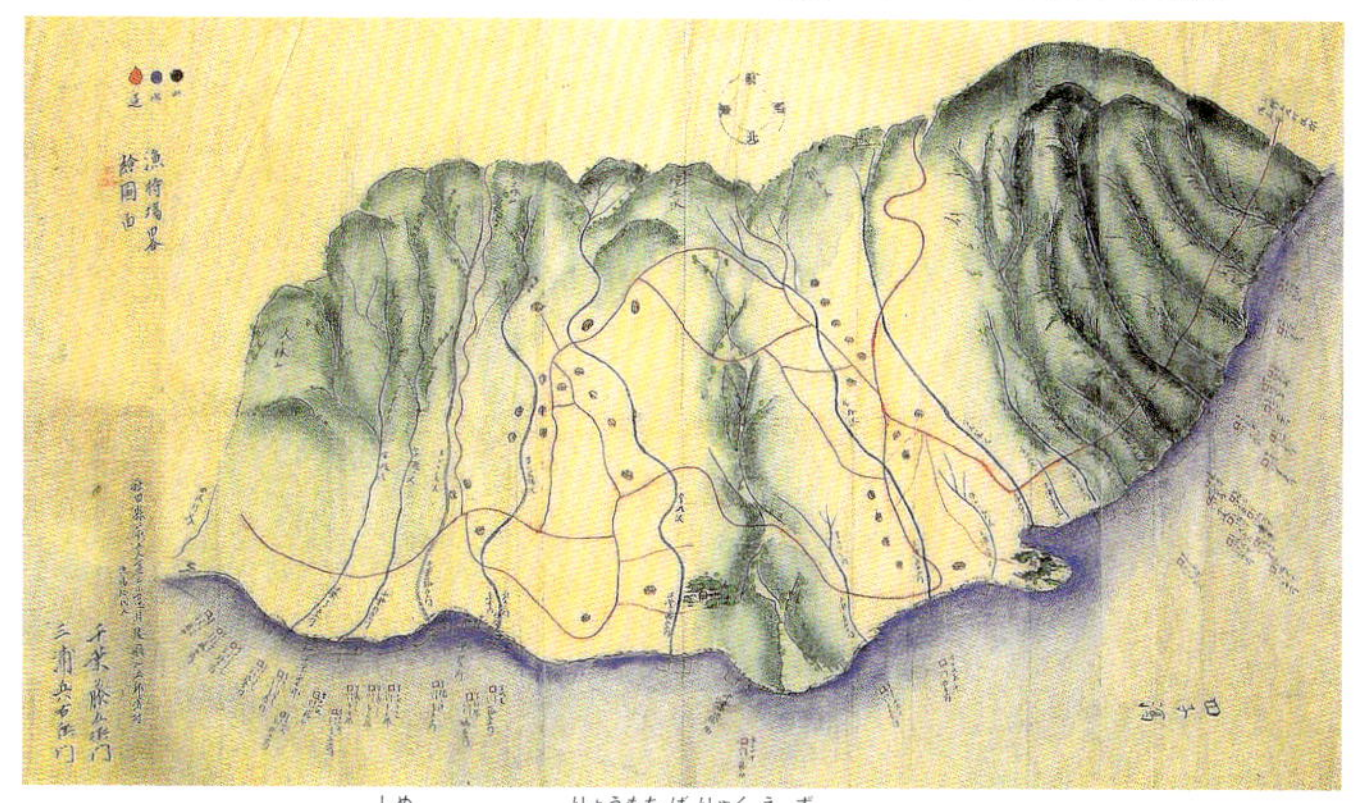

クニマスのホリ（漁場）が示されている「漁持場略絵図」。1871年（明治4年）～1878年（明治11年）に作成されたもの。仙北市提供。

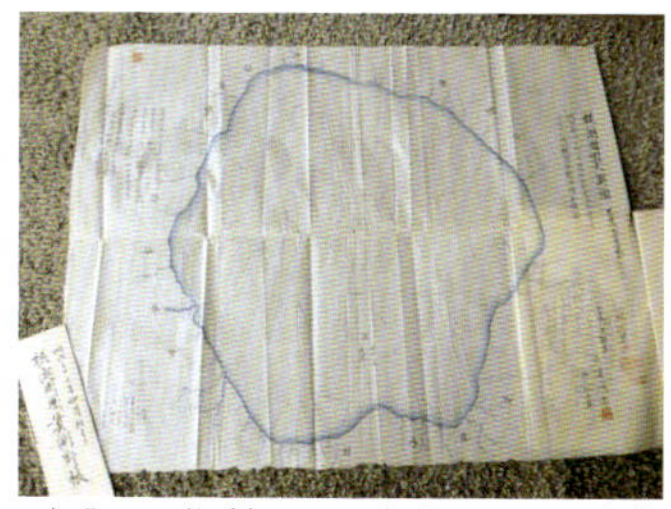

「槎湖周囲実測図」。「槎湖」とは、田沢湖の別名。1906年（明治39年）に作成された地図で、川や沢の位置と名前、集落の場所などが詳しく書きこまれている。三浦家提供。

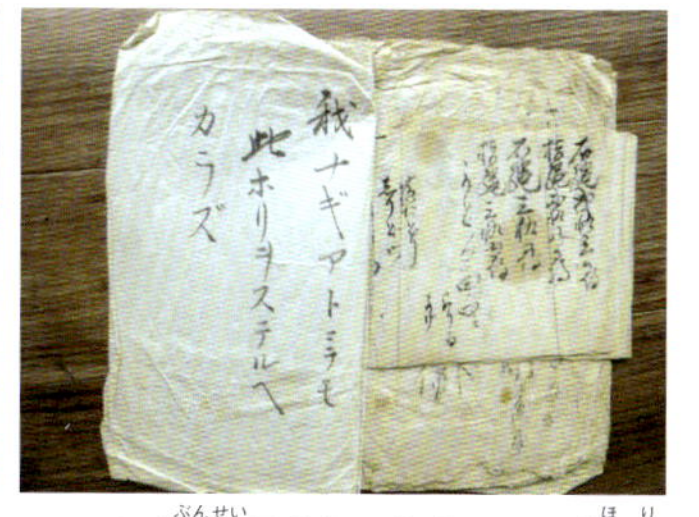

1818年（文政元年）に作成された「法利加和覚帳」。ホリの位置、深さなどが記録されている。左側の「我ナギアトニテモ此ホリヲステルヘカラズ」は、明治時代に加えられた添え書き。三浦家提供。

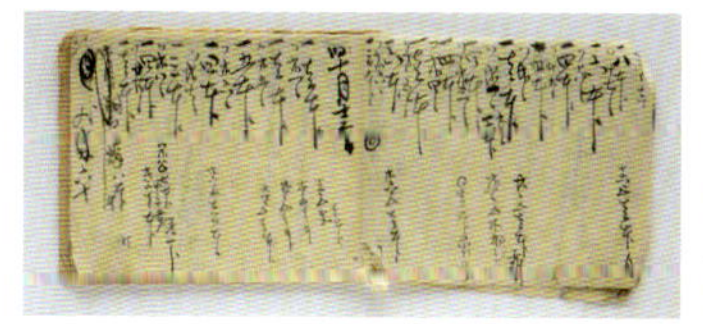

1895年（明治28年）に作成された「捕魚帳」。出漁の日付と漁獲数がまとめられている。三浦家提供。

〈奇跡の魚・クニマスをめぐるふたつの湖〉

田沢湖。雪の駒ヶ岳と瑠璃色の湖とが鮮やかなコントラストをなしている。

西湖。富士山が湖面に映り込んで逆さ富士になり、幻想的な雰囲気を醸し出している。
写真提供：（上）大沢写真館、（下）山梨県水産技術センター。

クニマスは生きていた！

もくじ

はじめに　8
第一章　田沢湖で遊ぶ子どもたち　11
第二章　語り継がれてきた「辰子姫伝説」　21
クニマスこぼれ話①　田沢湖は日本一深い湖　32
第三章　クニマス漁師になる決意　33
第四章　水力発電所を建てるという計画　45
第五章　湖に魚がいなくなった……　54
クニマスこぼれ話②　玉川の毒水に挑んだ先人たち　61
第六章　クニマスを追い求めて　62
第七章　懸賞金つきの「クニマス探し」　76

第八章　クニマス漁師としての責任　84
第九章　七十年ぶりの発見　91
クニマスこぼれ話③　漫画「釣りキチ三平」のドラマが現実になった！　114
第十章　田沢湖と西湖が「姉妹湖」に　115
クニマスこぼれ話④　西湖で産卵するクニマスの撮影に成功　121
第十一章　クニマス養殖の取り組み　122
クニマスこぼれ話⑤　田沢湖の湖底を初めてカメラ撮影　134
第十二章　田沢湖の再生をめざして　135
クニマスこぼれ話⑥　田沢湖の水質改善に挑む高校生たち　149
おわりに　――クニマスを守るということ　150
クニマス関連年表　158

はじめに

秋田県仙北市にある田沢湖は、日本で最も深い湖。かつては、その透明度の高さから「神秘の湖」と呼ばれ、クニマス、イワナ、ウナギ、コイ、サクラマスなど二十種類もの魚がすんでいました。

ところが、一九四〇年（昭和十五年）、この田沢湖に、近くを流れる玉川の水が引きこまれました。水力発電と農業用水のためのダム湖にすることになったからです。そして、「毒水」とも呼ばれていた玉川の酸性水が導かれたことにより、田沢湖は魚がすめない「死の湖」となってしまいました。世界で田沢湖にしかいなかったクニマスも、このあとすぐに姿を消してしまったのです。

それから七十年後の二〇一〇年（平成二十二年）十二月。

絶滅したと思われていたクニマスが見つかったというニュースが、全国に大きく報道されました。富士山に近い山梨県の西湖で、生息が確認されたというのです。田沢湖の地元・仙北市では、この世紀の発見に沸き上がり、クニマスの里帰りを実現させるためのプロジェクトが立ち上げられました。

けれども、田沢湖を元の姿にするには、かなりの時間がかかると言われています。一九九一年（平成三年）から、中和処理施設で酸性水の中和が行われているものの、湖の水はまだ酸性度が高く、クニマスがすめる水質ではありません。また、クニマスの生息環境や生態などについても解明されていないことが多く、まだまだ調査研究が必要なことがわかっています。

田沢湖が「神秘の湖」から「死の湖」になるまで、一体どのようないきさつがあったのでしょうか。

クニマスはなぜ、田沢湖から五百キロメートルも離れた西湖で姿を現したのでしょうか。

「クニマスのふるさと」である田沢湖の水質や自然環境を改善し、クニマスがすめるようにするために、私たちはどうしたらいいのでしょうか。

人間が壊してしまった自然環境は、どんなに時間がかかろうとも、私たち自らの手で元通りにしなければなりません。今、それを始める責任が、私たちにあると言えるのではないでしょうか。

奇跡の魚・クニマスが私たちに問いかける「いのち」のメッセージとは――「人間と野生生物との共存」の意味を探る旅に、さあ、いっしょに出かけてみましょう。

「クニマスのふるさと」の田沢湖。

第一章　田沢湖で遊ぶ子どもたち

一九三〇年（昭和五年）五月初め。

田沢湖にも、ようやく桜の季節が訪れました。東岸にある白浜には春の光があふれ、桜のつぼみが次々にふくらんでいます。湖面に突き出すように枝を伸ばした桜が、白い砂と瑠璃色（注：紫色を帯びた濃い青）の湖水をいっそう引き立たせていました。

秋田県仙北郡生保内村潟（現在の仙北市田沢湖潟）は、この田沢湖の南側にある小さな集落。すぐ目の前の湖からはクニマス、イワナ、ウグイなどの湖の幸が、そして、周りの山々からは山菜やキノコなどの山の幸がたくさん採れます。自給自足ができるほど自然の恵みがあり、地元の人々の暮らしを潤してくれていました。

「早く、山いちごの花が咲けばいいな……。」

八歳の久兵衛は、ゴリ捕りができる日をずっと心待ちにしていました。ゴリとはカジカのことで、きれいな砂利底にすむ十センチほどの大きさの魚です。

周囲を山に囲まれた田沢湖は水が冷たく、湖に入って遊べるのは一年に何か月もありません。地元では「山いちごの白い花が咲く六月末になったら、水に入ってもいい」と言われていました。

七月のある日の午後。静かだった田沢湖の岸辺に、子どもたちのはしゃぐ声が響いています。

「ゴリ、いるか～。」

「いっぱいいるよ～。こっちの方さ来～い。」

学校を終えた子どもたちが、家にかばんを置くのももどかしく、網や魚籠を手に集まってきます。

「手ぬぐい、持ってきたか。」

「うん。ほら、これ。」

久兵衛はかごから手ぬぐいを取り出すと、一歩一歩、ゆっくりと浅瀬に入って行きました。そして、おもむろに手ぬぐいを広げると、静かに水の中に沈めました。

（ようし、来い来い……。）

久兵衛は身動きせず、ゴリが近づいてくるのをじっと待ちます。

すると、どこからともなくゴリが姿を現しました。そして、小さな尾を揺らしながら、白い手ぬぐいの真ん中にやってきました。久兵衛はすくい上げるタイミングを見計らいます。

「えい！」

すばやく手ぬぐいを持ち上げたところ、一匹入っていました。ゴリは小さくて網の目をすり抜けてしまうので、手ぬぐいの方が重宝するのでした。

「捕れた、捕れた。これで五匹目だ！」

「おれは、もう十匹も捕ったよ！」

どんなに小さくても、子どもにとっては大きな収穫。みそ汁の具や、みそ貝焼きにして、その日の食卓にのせてもらうのが何よりの楽しみでした。

八月の、風が優しくそよぐ日。太陽は高く上がり、せみの声がかしましく響き渡っています。

凪いだ湖面に浮かぶ「たどり」が、岸からでもよく見えています。この「たどり」とは、クニマス漁の刺し網の位置を示す浮き標のことを言います。

クニマスはサケの仲間の淡水魚。体は黒っぽく、体長は三十センチほどで、皮膚は厚くぬめりがあります。

サケの仲間の多くは川で産まれ、海で育ち、ふるさとの川に戻って産卵しますが、クニマスは湖で一生を送ります。また、水深が四十メートルから二百メートルという深い湖底で産卵するなど、ほかのサケの仲間とは大きな違いがあります。そのため、刺し網漁といって、魚を網の目に引っかからせて捕る方法が用いられていました。

地元の子どもたちは湖で泳ぐとき、桐の丸太で作られたクニマスの「たどり」を、岸から「一のたどり」、「二のたどり」と呼んで、目印にしていました。

「今度は、三のたどりまで行ってくるべ。」

「ようし、負けねえぞ。」

泳ぐのが好きな久兵衛は、遠くのたどりまで行って戻ってきては、得意気な顔を見せていました。

「ウグイの群れがいるぞ〜。」

「うわぁ、突っつかれた〜。」

湖にはウグイのほか、サクラマス、スナヤツメ、ウナギ、コイなどもいて、魚の宝庫と言ってもいいほどでした。

夏はこのように、湖で魚捕りをしたり泳いだり、山で木の実を採ったりと、いろいろな遊びがありました。どの子どもも毎日のように湖や山に繰り出し、真っ黒に日焼けしていました。自然の中をかけめぐることで、たくましく育っていたのです。

一九三一年（昭和六年）二月。

湖畔は雪が積もり、一年で最も寒い時期。朝晩の気温は零下五～六度まで下がるほどです。

この日、久兵衛は朝早く目が覚めました。まだほの暗いので、もう少し日が昇るまで目をつぶって時間をやり過ごそうとしましたが、前の日の悔しさがこみ上げてきました。

（昨日、浮き魚が見つからなかったのは、キツネのしわざかトンビのしわざか……。）

地元では、産卵を終えて岸に流れついたクニマスを、「浮き魚」と呼んでいました。この時期、水深四十メートルから五十メートルの湖底に卵を産み終えたクニマスは、力尽きて息絶え浮かび上がってくるのです。けれども、中には生きているものもあり、鮮度のよい浮き魚は食用にすることもできました。一方、傷んで鮮度が落ちたものは「ホッチャレ」と呼ばれていました。

（ようし、今日こそは先に見つけてやる。）

久兵衛はふとんの中でじっとしていられず、早々と着替えました。

「浮き魚、捕りに行ってくる！」

「気いつけてな。」

土間で朝食のしたくをしていた母親のエシさんが声をかけました。

外に出ると、どこもかしこも凍りついていて、吐く息も真っ白に見えました。冷たい空気が体のすみずみまで行き渡ると、眠気などふっ飛んでしまいます。

「風向きはこっちか……。よし、いいぞ。」

久兵衛は、風の方向によって、どのあたりに浮き魚が打ち上げられるのかを知っていました。今日こそはと、胸がふくらんできます。

「いたいた……。」

遠目でもそれとわかり、喜び勇んで近づきました。

「尾びれが半分しかない……。」

産卵をしたあとのクニマスは、ほかのサケの仲間と同じように、尾びれが切れたり傷ついたりしています。卵を産むとき、尾びれで砂利や小石をはたくように掘ってくぼみを作るためと言われていました。

久兵衛は寒さをこらえながら岸辺を歩いて回りました。すると、今度は打ち上げられたばかりの浮き魚を見つけることができました。

「まだ、新しい……。これは食べられる！」

久兵衛は胸を躍らせました。

「じいちゃ～ん。今日は、二匹見つかったよ～。」

「それはそれは、えがったな。」

ほっぺたを真っ赤にした久兵衛が転がるように家に駆けこむと、祖父の金治郎さんが土間で迎えてくれました。

浮き魚はいささか味が落ちるものの、焼きたては身がほくほくしています。金治郎さんが焼いてくれたクニマスをくし刺しのままほおばり、久兵衛はご満悦でした。

穏やかな湖面を進む舟。昭和初期。

今から85～90年前の昭和初期、湖畔の船着き場で米をとぐ女性。60本以上の沢から清らかな水が流れこんでいた田沢湖の水は、そのまま飲み水や調理に使われていた。

写真提供（19、20ページ）：「目で見る田沢湖町30年の歩み」刊行会。

昭和の初めごろの小学生。冬に備え、学校で使うまきを運んでいる。

田沢湖の近辺の集落では、田植えや収穫の時期、大人は農作業で忙しいので、小学生が幼い弟や妹を連れて学校に行くこともあった。昭和初期。

第二章　語り継がれてきた「辰子姫伝説」

クニマスは漢字で「国鱒」と書き、国という漢字が頭につく唯一の魚です。

そのクニマスがすむ田沢湖は日本で一番深い湖で、最も深いところは四百二十三・四メートルもあります。湖は直径約六キロメートルの円形で、面積は二十五・八平方キロメートル、周囲は約二十キロメートルにおよびます。

田沢湖ができたのは今から百八十万～百七十万年前と言われ、火山活動で大きなくぼみができたことによる「カルデラ湖」であるというのが有力な説とされています。また、水深四百メートル以上の水域が七割、水深四百二十メートル以上の水域が二割を占め、底はほぼ平らであることも明らかになっています。

一九三三年（昭和八年）七月。

さんさんと注ぐ夏の日ざしが湖面に反射して、きらきらしています。浅瀬の水はだいぶぬるくなっていました。

久兵衛は十一歳。学校が夏休みとあって、一日のほとんどを湖で過ごしています。この日も、だれからともなく誘い合い、大勢の子どもたちが集まってゴリ捕りをしたり泳いだりしています。

「そこから先には行くんでねえぞ。深くなるからな〜。」

小学校高学年ともなると、幼い弟や妹を連れて遊びに来ている子どもも多く、浅瀬の方にさかんに目を配っています。どの家も大人は農作業で忙しいため、小さい子どもの面倒を見るのは、ごく当たり前のことでした。

「お〜い、そのあたりは一気に深くなるから、気いつけろよ。」

「うん、わがってる。辰子姫にさらわれるんだべ。」

「んだ。湖の底まで引っぱって行かれるど。」

「おっかねえ、おっかねえ……。」

「辰子姫伝説」について、小さいときから親に聞かされている子どもたちは、田沢湖は美しい湖である一方で、人間の手のおよばない不気味な湖であるということを肌で感じていました。

田沢湖では、水遊びに夢中になった子どもが深みに落ちて命を落とすという事故が、昔から何度もありました。けれども、そのような子どもや、自殺した人の遺体が上がることはほとんどなく、地元の人たちには、神隠しではないかと恐れられていました。

実際には、死んだ人が見つからないのは、湖底までかなりの深さがあること、また、水が冷たく真水であるため浮力が小さいことなどが要因とされていました。けれども、子どもたちには辰子姫の仕業だと教え、子どもたちもそれを信じていました。湖で遊ぶときは気をつけなければ命に関わるということを、神秘的な伝説に結びつけて伝えられていたのです。

田沢湖にまつわる「辰子姫伝説」は、いにしえから伝承されているもので、親から子どもへ、そして、またその子どもへと綿々と語り継がれていました。

ここで、そのお話を紹介しましょう。


むかしむかし、田沢湖の近くの院内というところに、辰子という名の娘がいました。

「こんなに美しい娘がいるとは、本当にたまげたもんだ。」

「まるで天女のようだ……。」

村の人たちは、美しく気品のある辰子のことを口々にほめました。

いつも多くの人に良く言われるので、辰子もだんだん気にするようになりました。

(どんなに美人だとほめられようとも、若いときだけのこと。年をとったら、みんなと同じようになってしまう……。)

辰子は、どうにかして今の美しさを永遠に保てないかと、来る日も来る日も考えました。けれども、考えれば考えるほど切なく苦しくなります。ある日、神様に願かけをすることを思い立ちました。

「神様、どうか、この美しさが永遠のものでありますように。」

雨の日も風の日も欠かさず、大蔵山観音のお堂にお参りを続けました。

そうして、百日目の夜、ようやく神様のお告げを聞くことができたのです。

「辰子よ、よく聞きなさい。北へ行けば、清らかな泉の湧くところがある。その水を飲めば、お前の願いはきっとかなうであろう……。」

神様の声に、辰子の胸は高鳴りました。

「けれども、お前の願いは、人間の身には許されない願いなのだ。あとで悔やんでも遅いのだよ。」

「いいえ、どんなことがあっても、決して悔いることなどございません。」

辰子は早速、友だちを誘って山へ入りました。心配させまいと、その友だちにも家族にも、山菜採りに行くとしか伝えていません。

いくつかの山を越え、歩き疲れた友だちは横になって休んでいるうち、ぐっすり眠りこんでしまいました。そこで、辰子はひとりで森の奥深くへ入っていきました。まもなく、きれいな流れに魚が泳いでいるのを見つけた辰子は、友だちといっしょに食べようと、数匹をすくって持ち帰りました。

枝にさして焼いてみたところ、いい匂いに誘われ、一匹をまるごと食べてしまいました。なんとおいしいのでしょう。残りの魚もおいしそうに焼けています。そして、友だちの分を食べてはいけないと思えば思うほどがまんができなくなり、辰子はとうとう、一匹残らずたいらげてしまいました。

するとと、急にのどの渇きを覚えました。

「のどがカラカラで死にそう。水、水を……。」

のどが締めつけられたように苦しくなった辰子は、水を求めて谷間を駆け下りました。

「あっ、こんなところに泉が……。きっと、これが、神様のお告げの泉なんだわ。」

岩の陰から水がこんこんと湧き出しているのを見つけた辰子は、手ですくいながら息もつかずに飲みました。けれども、どんなに飲んでも物足りません。ついには腹ばいになり、顔をうずめるようにしながら、泉の水を飲み干してしまいました。すると、突然、信じられないことが起きました。なんと、辰子がみるみる龍の姿へと変わっていったのです。そして、空が真っ暗になったかと思いきや、天地が裂けるかのような稲妻が光り、地鳴りや雷がとどろき、どしゃぶりの雨になりました。やがて大地が大きく揺れて山や谷が崩れ、そこに水がたまって、またたく間に大きな湖となりました。そして、龍の姿になった辰子は、いつの間にか湖の中に姿を消してしまいました。

辰子の母親は、いっしょに出かけた友だちから話を聞かされ、どれほど驚いたかしれません。囲炉裏にあった「木の尻」をたいまつ代わりに掲げ、暗い山道を湖へ向かって急ぎました。「木の尻」とは薪の燃えさしのことで、地元の人々がそう呼んでいました。

「辰子～、辰子や～。」

湖のほとりにたどり着いた母親は、声を限りに叫びました。

「辰子～、どこさいる～。」

母親の切ない声が、夜のしじまに響き渡りました。

すると、湖の中に淡い明かりが差し、大きな渦が涌き起こりました。そして、水しぶきが上がったかと思うと、銀色のうろこをひらめかした大きな大きな龍が姿を現したのです。

「……お、おまえが、辰子なのか？」

驚いた母親は、かろうじて声を出すことができました。

「辰子よ……。どうか、どうか元の姿に戻っておくれ……。」

拝むように言いました。

「母さん、私は、この湖の主になりました。もう二度と、人間の姿には戻れないのです。」

「そんな……。」

「私はこの姿のまま、ここでずっと生きていきます。これから何千年、何万年と、この湖を守っていくのです。どうか許してください。」

龍神と化した辰子は、ひざまずいて涙を流す母親を見下ろしながら、再び湖の中へ姿を消してしまいました。

「辰子……。」

母親は、自分の手のおよばないことだと悟り、うなだれるしかありません。そして、やりきれない思いで胸がいっぱいになると、おもむろに立ち上がり、手に持っていた「木の尻」を湖に投げ入れました。

すると、不思議なことに、母親の手から放たれた「木の尻」は、湖の水に触れた瞬間、魚の姿に変わりました。そして、尾びれを勢いよく振りながら、そのまま湖の中に消えてしまいました。

田沢湖の地元では、この「辰子姫伝説」の最後に登場する魚がクニマスだと伝えられ、この魚が炭のような黒い色をしている由縁と言われています。また、地元の人々が、長い間、クニマスのことを「木の尻マス」と呼んできたのは、この言い伝えがあったからとされています。

田沢湖の水は、天気や時間によって、濃い藍色のような暗い色に見えることがあります。また、樹木がうっそうと茂っている場所は、何とも言えないあやしい雰囲気を醸し出しているようにも感じられます。

この「辰子姫伝説」を知っている人々は、湖の奥底にひそんでいる龍の姿の辰子姫を想像せずにはいられません。美しい田沢湖が自分たちの自慢であることはもちろんですが、だれもが言葉に表せないような畏怖の念を抱いていました。古くから伝わるこの伝説が、田沢湖をよりいっそう「神秘の湖」に感じさせてきたと言えましょう。

御座石神社の本殿。龍神に姿を変えた辰子姫を祭っている神社。辰子が永遠の美を願ってその水を飲んだという泉や、自身の姿を映したという鏡石などがある。「御座石」という名前は、1650年（慶安３年）、秋田藩主の佐竹義隆公が腰かけて休んだことから名づけられた。

湖のすぐそばにある御座石神社の朱塗りの鳥居。落ち着いたたたずまいを見せている。

御座石神社の境内にある辰子姫の銅像。下半身が龍になっている。

春山地区に立つ辰子観音。1968年（昭和43年）、明治百年記念として建立された。

クニマスこぼれ話① 田沢湖は日本一深い湖

田沢湖は最大深度が423.4mの淡水湖で、秋田県の中東部に位置しています。直径は約6km、周囲は約20kmの円形で、面積は25.8km²におよびます。

湖の色は、その水深によって、また、時間によっても季節によっても変わり、明るい翡翠色から瑠璃色や藍色まで、さまざまな彩りを見せてくれます。

田沢湖が深い湖であることは昔から知られていましたが、初めて測定されたのは1909年(明治42年)のこと。湖沼学者の田中阿歌麿博士が麻縄に重りをつけ湖に垂らして測り、397mの深さがあることを明らかにしました。

けれども、麻縄は水に浸かると伸びて誤差が生じることがわかったため、1914年(大正3年)には、物理学者で金属工学者でもある本多光太郎博士が、スチールワイヤーを使って423mという深度を計測しました。

その後、1937年(昭和12年)から3年に渡って行われた湖沼学者の吉村信吉博士による調査では、湖底にふたつの溶岩ドーム(注:噴火で噴出した火砕物が火口近くに降り積もってできた円錐形の小丘)があることがわかり、それぞれ「振興堆」「辰子堆」と命名されました。

〈世界の湖の深さランキング〉

順位	名　称	最大水深	大　陸
1	バイカル湖	1741m	アジア
2	タンガニーカ湖	1471m	アフリカ
3	カスピ海	1025m	アジア・ヨーロッパ
4	マラウイ湖	706m	アフリカ
5	イシククル湖	668m	アジア

〈日本の湖の深さランキング〉

順位	名　称	最大水深	所在地
1	田沢湖	423.4m	秋田県
2	支笏湖	360.1m	北海道
3	十和田湖	326.8m	青森県・秋田県
4	池田湖	233.0m	鹿児島県
5	摩周湖	211.4m	北海道

出典:「理科年表　平成23年版」より。

第三章　クニマス漁師になる決意

一九三五年（昭和十年）一月下旬。

どんよりとした空に雪が散らつく日の朝。久兵衛の父親の正善さんが、いつものように漁のしたくをしています。

「久兵衛、いっしょに来るか。」

「うん、連れていってけれ。」

十三歳になり、体も大きくなっていい働き手に成長していた久兵衛は、待ってましたとばかり返事をしました。

九人兄弟の四番目、二男として生まれた久兵衛は、長男が幼くして亡くなっていたので、三浦家の跡取りとして大事に育てられていました。

田沢湖のクニマス漁は一年を通して行われますが、最も多く捕れるのは、十二月から三月にかけての寒い時期。それも、穏やかな日よりは、風があったり雪が降ったりして荒れているときのほうが、多く捕れると言われていました。

クニマス漁に使う舟は、長さが六メートルあまりの丸木舟です。直径六十センチほどの杉の丸太をのみで削りながら厚みを四センチあまりにし、深さ約三十五センチ、幅を約四十五センチの形に整えたもの。一本の木をくり抜いて作るので、「くり舟」とも呼ばれていました。

このような丸木舟が使われていたのは、くぎや鉄などの金物を含むものを湖に入れると、湖の主の辰子姫が嫌がり、たたりがあるとか大嵐になるとかいった言い伝えがあったからです。

久兵衛は丸木舟に乗りこむと、腰をかがめて船首の方に移動しました。ひとり乗り用の舟なので内側は狭く、用心しないとバランスを崩してしまいます。

「いいか、出すぞ。」

櫂(注:舟をこぐための道具)を手にした正善さんがこぎ始めました。

久兵衛は食い入るように水の中をのぞきこんでいます。底まで透き通り、砂がさざなみのような模様になっているのが見えます。

（……どうして、こんな形になるんだろう。）

自然が作り出す不思議な造形は、見飽きることがありません。

岸から離れて深くなるにつれ、水の色は青からだんだん瑠璃色に変わってきました。

（今、この舟の真下は、どれぐらいの深さがあるのだろうか……。）

湖の中の世界を想像すると、ひとりでに緊張感が高まってきます。

正善さんの操る丸木舟は、三浦家の「ホリ」と呼ばれる漁場の「たどり」をめざし、追い風を受けながら、湖面を滑るように進んでいきました。

クニマス漁の網を張ることができる家は、昔から決まっていました。田沢湖の湖畔に住む六十五戸だけにクニマス漁の権利があり、それぞれの家が網を張れる場所も、網の数も決められていたのです。この網を入れる漁場が「ホリ」と呼ばれ、代々継承されていました。

身を切るような寒さの中、正善さんは「たどり」の横に舟をつけました。まずは「たどり」につながっている刺し縄を上げ、次に刺し網をたぐり寄せます。

「ようし、いいか。そっちから網をたぐれ。」

「はいっ。」

刺し網の長さは約十メートルで、幅は一・五メートルほど。それが、水深五十メートルあたりのところに沈められています。

「いいか。少しずつ、ゆっくり引き上げろ。」

水の抵抗があるため、水中深くまで垂らした網をたぐり寄せるのは、容易なことではありません。両手でかわるがわる引きながら網を持ち上げると、その重みがまともに腕にかかってきます。舟が揺れないよう、上体をなるべく動かさないようにしながら、ありったけの力をふりしぼって網を引き上げます。

（クニマスは何匹かかっているか……。）

早く確かめたくて気持ちが急いてきますが、網が絡まらないように、丁寧にたぐり寄せなければなりません。

「いた、いた！　かかってるよ！」

久兵衛の声が弾んでいます。

クニマスが網の目に頭から突っこみ、動けなくなっています。

「傷めないように外せ。」

「はいっ。」

久兵衛はクニマスの頭を押し出すようにして外しました。

「五匹か……。まずまずだな。」

正善さんの言葉に、久兵衛の顔もほころびました。

けれども、漁の手伝いはこれで終わりではありません。舟に積んできた替わりの網を仕掛けると、次のたどりへと向かいました。

風はだんだん強くなり、波も大きくなってきました。

「駒ヶ岳の山頂に雲がかかってきたな……。なるべく早く切り上げるとするか。」

正善さんは湖を取り囲む山々、空や雲の様子を見ながら、天気を予測していました。そんな父親の姿を目の当たりにしながら、久兵衛はもっといろいろなことを覚え、早く一人前の漁師になりたいと思いました。

久兵衛の父の正善さんも、祖父の金治郎さんもクニマス漁師。三浦家は十代以上前からクニマス漁を営み、漁業組合の理事などの要職にも就いていたため、クニマスに関する古い書簡やふ化事業の記録などが、家に数多く残されていました。最も古い文献は、ホリの位置を示す「法利加和覚帳」で、江戸時代後期の文政元年（一八一八年）にまとめられた文書です（3ページ参照）。

その裏表紙には「我ナギアトニテモ此ホリヲステルヘカラズ」と書かれた添え書きがありますが、これは「私の死後もホリを捨てるな」という文で、「ホリは大事なものであり、決して譲ったり売ったりしないように」という家伝です。その筆跡などから、久兵衛のひいおじいさんの金助さんが、明治時代に書き加えた文であるとされています。

田沢湖の地元では分家を出すとき、田んぼは分けてもホリは一切与えなかったと言います。クニマス漁を営む家にとって、ホリは命の次に大事なものと言ってもいいものでした。

もちろん、久兵衛も、父や祖父から大事なホリについて聞かされていました。

「おれが、跡を継いでいくんだ。このホリを守っていくんだ。」

物心がついたときからクニマス漁師になろうと思っていた久兵衛は、実際に漁を手伝うようになってからは、三浦家のホリをしっかり守っていくのだという決意が揺るぎないものになっていました。


ところで、クニマスは高級魚とされ、普通の家庭の食卓にのぼることはほとんどありませんでした。柔らかい白身は生臭さもなく、冠婚葬祭のときに、また、産前産後の女性や病人が栄養補給のために食べる魚であり、漁師といえどもそうそう口にできる魚ではなかったのです。

大正時代には「一尾米一升」と言われ、一匹のクニマスの値段で一升の米が買えるほど高価なものでした。

そのため、漁獲量を増やそうと、一九〇七年（明治四十年）にクニマスの人工ふ化放流の試みが行われました。けれども、授精させても死卵が多かったり、ふ化させた稚魚が育たなかったりと、結果は期待されたほどではなく、一年だけでその取り組みは中止になりました。

その後、新しいふ化場が建てられ、設備を改良することなどができたため、二十年後の一九二七年（昭和二年）、この事業は再開されました。

クニマスの漁獲量は徐々に増え、一九二七年（昭和二年）に三万七千匹だったものが、一九三五年（昭和十年）には八万八千匹になったという記録が残されています。半農半漁を生業としていた地元の人々の暮らしを支えてくれるまでになったのです。

久兵衛の祖父の金治郎さんはクニマス漁師として働くかたわら、漁業組合の仕事もしていて、クニマスの人工ふ化事業にも携わっていました。

一九三五年（昭和十年）二月のある日、久兵衛はふ化場の中を見学させてもらうことになりました。湖畔の春山というところにあるふ化場には、ふ化槽のほか、飼育池も設けられています。ここでは、メスのお腹から人の手で出した卵に、オスの精液をかけて授精させた卵を、水槽で育てています。そして、稚魚に成長するのを見届けてから、田沢湖に放流していました。

「久兵衛、よく見ておけよ。クニマスの人工ふ化は難しくて、なかなかうまくいかねえんだ。」

ところせましと並べられた水槽には、卵がいっぱい入っています。

「卵の中に黒く見えているのが目で、この状態になったものは『発眼卵』というんだ。」

「中で、ごにょごにょ動いているな。」

1923年（大正12年）に田沢湖畔の春山地区に建てられたふ化場。仙北市提供。

久兵衛は卵の中を食い入るように見つめました。卵の中で小さな命ががんばっていると思うと、いとおしく思えてきます。

「じいちゃん、この卵から出てくるのはいつになるんだべ。」

「ふ化するまでの日数は、水の温度にもよるけれども、ここでは授精させてからだいたい三か月。発眼してからは一か月ぐらいだな。」

「ふ化したあとは、何を食わせるんだべ。」

「腹にさい嚢という栄養の詰まった袋がついている間は、その栄養を吸収して育つ。でも、そのあとがよくわからねえんだ。いろいろなえさを試しているんだが、なかなかうまくいかねえ。」

「ふう〜ん。」

「ほかの魚と違って、ふ化したあと、そのままやせ細って死んでしまう。敏感だし、神経が細い魚だ。手に余るから、なるべく早く放流するしかねえんだ。」

クニマスは田沢湖の漁師にとって昔からなじみのある魚ではあるものの、その生態や習性などは、わからないことだらけでした。ふ化場では、稚魚をどうやって育てたらいいのか、また、いつ放流したらいいのかなど、試行錯誤を繰り返していました。

「稚魚を育てるのは大変そうだけれど、おもしろそうだな……。」

卵や人工ふ化の仕組みを知れば知るほど、久兵衛はクニマスという魚の一生について興味が湧いてきました。

クニマスの卵をふ化させ、その稚魚を放流して増やしていくことは、田沢湖の漁師の大人から子どもへと引き継がれていく大事な仕事。久兵衛はその一翼を担っていくのだという責任を強く感じ始めていました。

「久兵衛は、なかなかの勉強家だ。」

「いろいろ興味を持っているようだから、どんどん仕込んでいけばいい。」

父の正善さんも祖父の金治郎さんも、久兵衛がこのまま健やかに育ち、立派な跡取りになってくれることを心から願っていました。

このとき、久兵衛は十三歳。五年も経たないうちにクニマス漁ができなくなるとは、まさか、田沢湖にクニマスがいなくなるなどとは、夢にも思っていませんでした。

第四章　水力発電所を建てるという計画

一九三六年（昭和十一年）四月。

田沢湖にも遅い春が訪れました。

穏やかな春の日ざしが感じられる日もありますが、まだまだ寒い日もあり、春がそこまで来ていながら足踏みをしているかのようです。

そんなある日、学校を終えた久兵衛が足早に帰ってきました。いつもと違って、険しい顔つきをしています。

「父さん、水力発電所が建てられるって聞いたども、知ってるが。」

「……ああ。」

正善さんは、表情をくもらせました。

「田沢湖の水が発電に使われるっていうのは、本当が。」

「……そう、聞いている。」

「玉川の水を湖に引きこむっていうのも？」

「んだ。田沢湖をダム湖にするため、玉川から導水するんだと。」

久兵衛の胸は、早鐘のように鳴っています。

「玉川の水は酸性で、昔から『毒水』と呼ばれている。そんな水を入れたら、湖はどうなる？」

「県や電力会社は、悪い影響は何もねえと言っているそうだ。湖で酸性の水を薄めれば、農業用水としても使えると……。」

「そんなはずはねえ。湖に『毒水』が入れば、魚はみんな死んでしまうんでねえが。」

「お役人たちは、湖から魚がいなくなることはねえと言っている。でも、わしら漁師だって、それを信じてはいねえ。」

「だったら、なぜ、大人たちは反対の声を上げねえんだ？」

久兵衛の声がどんどん大きくなっていきます。

「だまっているわけではねえ。みんなで知恵を出し合っている……。」

正善さんは唇をかみしめました。

「絶対に、絶対に許してはだめだ！」

久兵衛のにぎりこぶしが震えています。こんなに怒りをあらわにしたことがあったでしょうか。

そんな久兵衛の気持ちは、正善さんにも痛いほどわかりました。田沢湖の漁師たちにとってクニマスは貴重な収入源であり、死活に関わる問題。久兵衛と同じように腹立たしく思っていたのです。

水力発電所を建設する計画とは、国力を強化する目的で、田沢湖を発電および灌漑（注：田畑に必要な水を人工的に引いて供給すること）のためのダム湖にするというもの。そして、田沢湖から流出する湖水をまかなうため、玉川の水を引きこむというものでした。

玉川は全長が百三キロで、雄物川の支流としては最長の川で水量はあるものの、玉川温泉から非常に強い酸性の水が流れこんでいます。その源は玉川温泉の「大噴」と呼ばれる湧出口で、九十八度の温泉が毎分八トン以上も噴き出していました。

この玉川の「毒水」が田沢湖に導水されたら、一体どうなるのでしょうか。湖がどのように変化するかは、だれでも容易に想像できることでした。この計画には、漁師だけではなく、地域の人たちだれもが憤慨せずにはいられませんでした。

久兵衛の父の正善さんと祖父の金治郎さんは、丸木舟の修理をしながら、息をひそめて話をしています。

「新しいダムを造るとなれば、かなりの費用が必要になるし、何年もかかる。だから、田沢湖が目をつけられたわけだ……。」

「電力会社は、田沢湖には六十本もの沢の水が流れこんでいて、『毒水』が十分に薄められるから問題はねえと考えているらしい。」

「でも、それをだれが保証できる？『毒水』の毒は徐々にたまっていくはずだし、魚はいずれ死に絶えてしまうんでねえが。」

「これは、国を挙げての計画だ。国に逆らって反対の声を上げれば、国賊とか非国民とか言われ、どんな処分を受けるかしれねえ。家族も親族も巻きこんで、大変な迷惑をかけることになってしまう。」

「大きい声では言えねえが、田沢湖に『毒水』を入れるなんてことは、断じて許されねえことだ。でも、今は何もかもが戦争のため、お国のためだと言われる。どうすればいいんだべ……。」

「お国のためか……。」

どこにも怒りのぶつけようがなく、ふたりの心は深く沈んでいきました。

日本は戦時体制のもと、総力を結集しなければならない時期。戦車や軍艦、鉄砲や弾丸などを作るためには、大量の電気が必要とされていました。

また、田沢湖の南に広がる一帯には大きな川がなく、長い間、農業用水を確保することができませんでした。東北地方は冷害による凶作が続いていたこともあって、正善さんも金治郎さんも、食糧増産の大義名分をも掲げた国策に対し、協力せずに湖を守るという道理が通るとは思えませんでした。

けれども、田沢湖をダム湖にするという計画が許されていいのでしょうか。湖にすむ魚類は消えていくしかないのでしょうか。

「田沢湖は百万年以上前のいにしえに、長い長い時間がかかってできたものだそうだ。この湖も山も川も、わしらの祖先が命をかけて守ってきたかけがえのないもので、わしらはこの豊かな自然とともに生きてきたんだ。人が勝手に手を加えていいはずがねえ。」

「その通りだ。人間の都合で田沢湖を汚したり、自然を作り替えたりしたら、罰が当たる。辰子姫がどれだけ悲しむことか……。」

漁ひとすじに生きてきたふたりは、顔を見合わせました。時代が恐ろしい方向に進んでいることがわかっても、なす術はなく途方に暮れるばかりでした。

今では、自然に対して勝手に手を加えることが「環境破壊」につながることは、広く知られています。当時の田沢湖の自然や、湖にすんでいた生き物のことを考えれば、無謀な計画と言うしかありません。

けれども、国も県も、田沢湖の地元の人々が反対し嘆き悲しんでいることを知りながら、いっさい取り合ってはくれませんでした。当時は、田沢湖の自然よりも、そこに生きる魚類の命よりも、国力の強化が何よりも優先されていた時代だったのです。

しかも、一九三七年（昭和十二年）七月に始まった日中戦争は、長くなることが予想され、また、その翌年に「国家総動員法（注：国の経済や国民の暮らしのすべてを制限できる権限を政府に与えた法律）」が導入されたことにより、政府の統制はさらに厳しくなりました。

そんな中、玉川水系を利用した電源開発は計画通り進められることになり、生保内発電所と神代発電所の工事が次々に始まりました。

一方、田沢湖の漁師たちは、補償の交渉に追いこまれ、それを受け入れざるをえなくなりました。

「納得がいかねえ。これほど悔しいことはねえ……。」

「これっぽっちの値にしかならねえというのか。」

「祖先から受け継いできたホリを守れなかった。情けねえことだ……。」

国策に対して異を唱えれば、国賊扱いを受ける時代のこと。漁業組合と電力会社との補償交渉では、組合員ひとりあたり千円という低い額に決められてしまいました（注：当時の千円は、生産者米価に基づき換算すると、今の貨幣価値では約九十万円となる）。

代々引き継がれてきたクニマス漁の「ホリ」は、漁師にとって命と同じぐらい大事なものだったにもかかわらず、補償金はそれに相当する額とは言いがたいものでした。暗く悲しい空気が田沢湖を、そして、日本中を覆いつくしていました。

クニマス漁の丸木舟に座って刺し網をあげている漁師（昭和初期）。仙北市提供。

豊かな森林に恵まれた田沢湖周辺では、馬にそりを引かせて木材を運び出していた。

田沢湖の近くを流れる玉川で、渡し舟を手伝う女性（昭和初期）。
写真提供：「目で見る田沢湖町30年の歩み」刊行会。

第五章　湖に魚がいなくなった……

一九四〇年（昭和十五年）一月二十日。

朝から空は厚い雲に覆われ、雪まじりの風が吹いています。

発電所の建設が開始されて約三年。とうとう、その日がやってきました。玉川から田沢湖への導水が始まったのです。

（……なんと、愚かなことを。国の計画に反対したり背いたりすれば国賊だと言われるが、自然を壊すことこそが国賊でねえが……。）

十八歳になり、クニマス漁を手がけていた久兵衛は、怒りのやり場がありません。前の晩は床についてもまんじりともせずに、夜が明けてしまったのでした。

（県や電力会社は、玉川の「毒水」が入っても湖に影響はないと言い放ったが、いずれ魚は死んでしまうだろう。湖がどう変わるか、魚たちがどうなるのか、この目でしっかり見届けなければ……。それが、田沢湖の漁師としての責任なんだ。）

久兵衛はやるせない気持ちでいっぱいでしたが、酸性の水の影響がどのようにあらわれるのか、確認せずにはいられません。どんなに辛くても、湖の変化をしっかり目に焼きつけておこうと、覚悟を決めていました。

この時期はクニマスの産卵の最盛期にあたるため、産卵し終えたクニマスが浮き上がってくるはずです。「毒水」によって死んだクニマスもいっしょに浮上してくるに違いありません。

ところが、湖をくまなく見て回っても、浮いてきたクニマスはいません。ほかの漁師も見ていないと言います。

（クニマスは深いところにいる魚。酸性の水を嫌って、どんどん深いところに潜って、そのまま湖底で息絶えてしまったのでは……。）

背筋に冷たいものが走るのを感じました。

久兵衛は来る日も来る日もクニマスを探して回りましたが、どこにも見当たりませんでした。イワナやウナギなどは真水を求めて沢に集まっていましたが、湖面が下がって沢が滝のようになったため、上流に進むことができず、そのまま弱って死んでいきました。けれども、だれひとりとして、クニマスの死骸を見た人はいなかったのです。

「クニマスが一匹も浮いてこないのは、なぜなんだ。」

「クニマスは、どこへ消えたんだべ。」

漁師も地元の人々も、首をかしげるばかりでした。

(湖の奥底深くにすむクニマスは、泳いでいるのを見たり釣り上げたりできる魚ではない。ほかの魚と習性が違っていて、その姿には気高さを感じることがあった。やせ衰えた姿や、その亡きがらをさらけ出さないのは、人間への最後の抵抗なのではないだろうか……。)

忽然として消え失せたクニマスに思いをはせ、久兵衛は胸が押しつぶされそうでした。

クニマスは、地元では「木の尻マス」と呼ばれ、地域に密着した魚でした。けれども、その特徴や習性などが正式に発表されたことはありませんでした。

クニマスが世界でその名前が知られるようになったのは、一九二五年（大正十四年）のこと。京都大学の川村多実二教授が、アメリカの魚類学者のデービッド・ジョーダン博士に三匹のクニマスの標本を贈ったのがきっかけでした。

ジョーダン博士はアーネスト・マグレガー博士とともに、その調査の結果を「学会未知の新種」として発表し、学名は川村教授にちなんで「オンコリンカス・カワムラエ」と名づけられました。

しかし、それからわずか十五年後の一九四〇年（昭和十五年）、世界で田沢湖にしか生息していなかった貴重な種のクニマスは、その生態も習性も十分に解明されないまま姿を消すことになってしまったのです。

地元の人たちが心配した通り、田沢湖をダム湖として利用した計画は、大きなつめあとを残すことになりました。それは、湖にいた二十種類以上の魚の命を奪っただけではありません。田沢湖の水が発電所に送られるやいなや、湖の水がみるみるうちに減ってしまったのです。

「水位がどんどん下がっていく。こんなことになるなんて……。」

湖の水は日ごとに減り続け、水位は実に十四メートルも下がりました。

久兵衛はわが目を疑いました。丸木舟を置いていた砂浜は、遠くまで水が引いています。水際の岩の壁がむき出しになり、土砂が無惨に崩れ落ちています。そして、酸性の水で湖の透明度が下がるにつれ、瑠璃色だった水は緑色を帯びた色に変わってきました。

(こんな景色は見たこともねえ。湖がこんなふうになってしまうとは……。)

どんどん醜く様変わりする湖を見て、久兵衛は肩を落としました。

地元の人々も、変わり果てた湖や倒れた湖畔林を前にして、無念でなりませんでした。

「取り返しのつかねえことをしてしまった……。どうすればいいのか。」

「辰子姫がどんなに悲しんでいることか。」

「いや、怒っているに違いない。ひょっとして、たたりがあるのでは……。」

悲しみに暮れる一方、湖の主と伝えられている辰子姫のことを思うと、だれもが不安に襲われてしまうのでした。

（魚のいない湖は、もう田沢湖ではねえ……。）

ふるさとの湖を美しいままに守ることができなかった悔しさに、久兵衛は胸が張り裂けそうでした。

十代以上に渡ってクニマス漁を営んできた三浦家では、祖父の金治郎さんの跡を父の正善さんが継ぎ、その跡を久兵衛が継承していました。将来は、久兵衛の子どもに、そして孫に引き継いでいくはずのものでした。

（ご先祖様に申し訳ねえ。子や孫にも申し開きのできねえことをしてしまった……。）

どんなにクニマス漁を続けたくても、どんなに家伝の「ホリ」を守っていきたくても、かなわなくなりました。久兵衛の代で途絶えることになってしまったのです。

「田沢湖クニマス未来館」で展示されているクニマスの液浸標本。
左：オス、全長253mm。1925年（大正14年）4月1日採集。
右：オス、全長268mm。1930年（昭和5年）9月12日採集。
2008年（平成20年）7月に、国の文化財保護法の規定による登録記念物に指定された。絶滅する前の田沢湖のクニマスの標本は、世界に17体しか残っていない。

1915年（大正4年）に出版された「秋田県仙北郡田沢湖調査報告（秋田県水産試験場）」に掲載されたクニマスの写真。上がメスで下がオス。秋田県立図書館提供。

クニマスこぼれ話②　玉川の毒水に挑んだ先人たち

秋田県と岩手県の県境にそびえる大深岳に源を発する玉川は、上流に玉川温泉があり、そこには大小さまざまな湧出口があります。その中の「大噴」と呼ばれる湧出口からは、pH1.1～1.3という強酸性の湯（98度）が、毎分8トン以上も噴出しています。

玉川の水は農業用水にも生活用水にも使えず、河川の構造物にも被害を与えることから、「毒水」と呼ばれてきました。玉川の水量は豊富ではあるものの、この毒水のせいで流域の開発が阻まれていたため、毒を取り除く対策が、昔からいろいろと講じられてきました。

1841年（天保12年）、秋田藩主・佐竹公に命じられた角館の藩士・二代目田口幸右衛門が、初めて除毒工事を手がけたとされています。昔は、雨が地中に入ることにより、噴泉が酸性水となって出てくると考えられていたため、雨が酸性水と混じらないように水路を作って流すようにしたもの。息子の三代目幸右衛門が引き継ぎ、11年後に工事を終えましたが、1859年（安政6年）の大洪水で決壊したと言われています。

昭和初期には、井戸を掘って酸性水を注ぎこませ、地下で粘土や岩石と接触させることで中和する方法が試みられ、ある程度の効果があったとされています。

その後、酸性水は石灰石と接触すると酸性が弱まることがわかり、1972年（昭和47年）には、野外に積んだ石灰石に酸性水を散水して中和させる「簡易石灰石中和法」が採られました。

そして、1991年（平成3年）から本格運転されている「玉川酸性水中和処理施設」では、粒状の石灰石を使う「粒状石灰中和法」が用いられています。これは、直径が5～20mmの石灰石を詰めた槽に、酸性水を流しこむもの。これによりpH1.1～1.3だった酸性度がpH3.5以上に弱められています。
石灰石の主成分は炭酸カルシウムで、酸性水に含まれる塩酸と反応すると溶けてしまうため、1日に使われる石灰石は約40トンに上っています。

第六章 クニマスを追い求めて

一九八五年（昭和六十年）。

田沢湖からクニマスをはじめ二十種類もの魚が姿を消してから、四十年あまりが経ちました。

五月上旬。田沢湖は春の装いに包まれています。隣町の角館のしだれ桜も見ごろを迎え、全国から大勢の観光客が訪れています。

田沢湖の未来を憂い続けた久兵衛青年も、すっかり白髪の目立つ年齢になりました。

久兵衛さんの自宅は、湖とは目と鼻の先で、百メートルも離れていません。ここに、妻のキヨさん、長男の久さんと妻の富美子さん夫妻、そして、孫の洋平君と尚介君の六人家族で暮らしていました。

久兵衛さんは六歳と五歳の年子の孫をとてもかわいがり、散歩に連れ出すのを楽しみにしていました。この日も穏やかな陽気に誘われ、ふたりを湖の波打ち際で遊ばせていました。

（このあたりは、幼いころに浮き魚を拾った場所。キツネやトンビに先を越されまいと、朝早く探しにきていたなあ……。）

岸辺にたたずんでいると、そのころの湖の美しい情景が浮かんでは消え、浮かんでは消えていきます。久兵衛さんは遠い少年の日に思いをはせていました。

「湖がとってもきれいですね。この辺にお住まいなのですか。」

観光客の女性に声をかけられ、久兵衛さんは我に返りました。

「ええ。家は、すぐそこです。」

「うらやましいですね。いつも、こんなながめが見られるなんて。」

「昔はこんなもんじゃなかったんですよ。水がもっと透き通っていて、深みのある瑠璃色でした。周りには木が立ち並んでいて、それはそれはきれいだった。魚もいっぱいいたし……。本当に、本当に残念なことをしてしまった……。」

「……そうなんですか。」

女性はけげんそうな表情を見せました。

（しまったしまった。田沢湖まで足を運んでくれた人に、こんなこと言うべきじゃなかった。）

久兵衛さんは軽くおじぎをすると、孫の手を引きながらその場を離れました。

（あれからもう四十五年か……。この湖の負の歴史を知る人もどんどん少なくなってきている……。）

四十五年の歳月はとても長い時間のように思えますが、あっという間だったようにも感じられます。田沢湖から魚が姿を消したあと、久兵衛さんは漁を辞めざるをえなくなり、林業や炭焼きの仕事にいそしんできました。

けれども、家は湖が一望できる場所にあるので、知らず知らず湖の様子が目に入ります。朝な夕なのながめは心をいやしてくれるものの、水の色や水位の変化などが気になってしかたがありません。

（国の政策といえども、田沢湖をダム湖にするという計画に対し、漁師たちが一致団結して何かできたのではないか。たとえ自分ひとりであっても、命をかけて立ち上がるべきだったのではないか……。）

失ったものの大きさを思い、久兵衛さんはもんもんとした日々を送ってきました。ずっと心の奥底にわだかまりを抱えながら過ごしてきたのです。

そんなある日。久兵衛さんの元に、思いがけない連絡がありました。

「山梨県の本栖湖に、クニマスに似た魚がいるようです。」

情報を寄せてくれたのは、旧田沢村生まれの作家の千葉治平さんです。地元の文芸誌「真東風」に載った久兵衛さんの寄稿文を目にし、ヒメマス研究者の徳井利信さんに問い合わせてくれていたのです。

この寄稿文とは、「幻の魚国鱒」と題し、クニマスの漁法や人工ふ化などについ

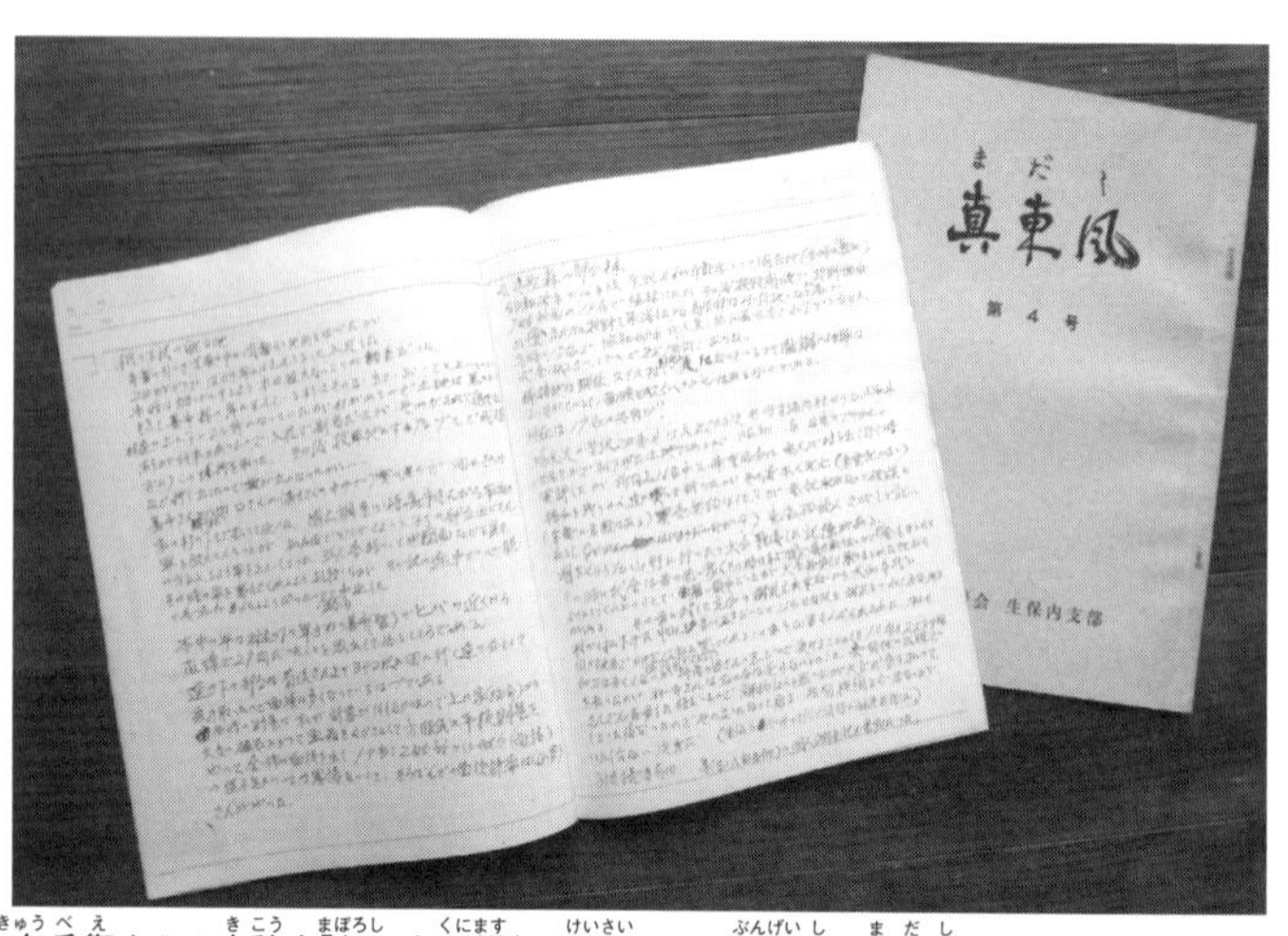

久兵衛さんの寄稿文「幻の魚国鱒」が掲載された文芸誌「真東風」（1978年発行）と、久 兵衛さんの研究ノート。

てまとめたもの。久兵衛さんはその中で、クニマスの卵が田沢湖のふ化場から山梨県の本栖湖や西湖に送られていたことを紹介し、「クニマスがどこかの湖底で生き続けていることを願っている」と結んでいました。

（もし、寄せられた情報通り、本栖湖にいる魚がクニマスだとしたら、田沢湖から送られた卵からふ化した稚魚の命が、ずっと今まで継がれてきたということになる……。）

久兵衛さんは、寄稿文が掲載されたあと、八年も経ってからの情報に驚くとともに、うれしい気持ちがふつふつと湧いてきました。けれども、反面、どうしたらいいのか考えあぐねました。

（すぐにでも本栖湖に行って確かめたい気持ちは山々だけれど、クニマスの特徴や生態などについて、きちんと知っておくべきではないか。）

湖の深いところにすんでいたクニマスの生態は謎に包まれていて、ほとんど知られていません。それに、久兵衛さんはクニマス漁師だったものの、本栖湖にいる魚を、昔の記憶を元に判別できるかどうかは定かではありません。

そこで、まずは、土蔵に眠っていた古文書をもう一度調べ直すことにしました。祖父の金治郎さんも父の正善さんも既に亡くなり、地元でクニマス漁を知る人はどんどん少なくなってきています。クニマスの特徴や生態について調べるだけではなく、漁獲量やふ化事業に関することなどについても、知っている限りのことを、こと細かにまとめておこうと思いました。

（田沢湖で起きた痛ましい史実を忘れてほしくない。いや、忘れてはならないのだ……。）

久兵衛さんは、最後のクニマス漁師としての責任を強く感じていました。多くの魚を死滅させた過ちに対する憤りは胸から消えることはなく、記録に残しておかなければならないと思い続けていたのです。

長男の久さん夫妻、そして、ふたりの幼い孫といっしょに暮らすうち、次代を担う子どもたちのためにも語り継ぐ責任があると、痛切に感じていました。

久兵衛さんは、クニマスの卵の分譲に関する文献についても、改めて見直すことにしました。その中には、本栖湖と西湖の漁業組合から田沢湖のふ化場に届いたはがきもあります。

この二枚のはがきを最初に目にしたのは、十年ほど前にさかのぼります。家にある古い文献を整理していたときに見つけ、驚かずにはいられませんでした。

（このはがきは、卵が無事に着いたことを知らせるもの。この卵を送るとき、確か、

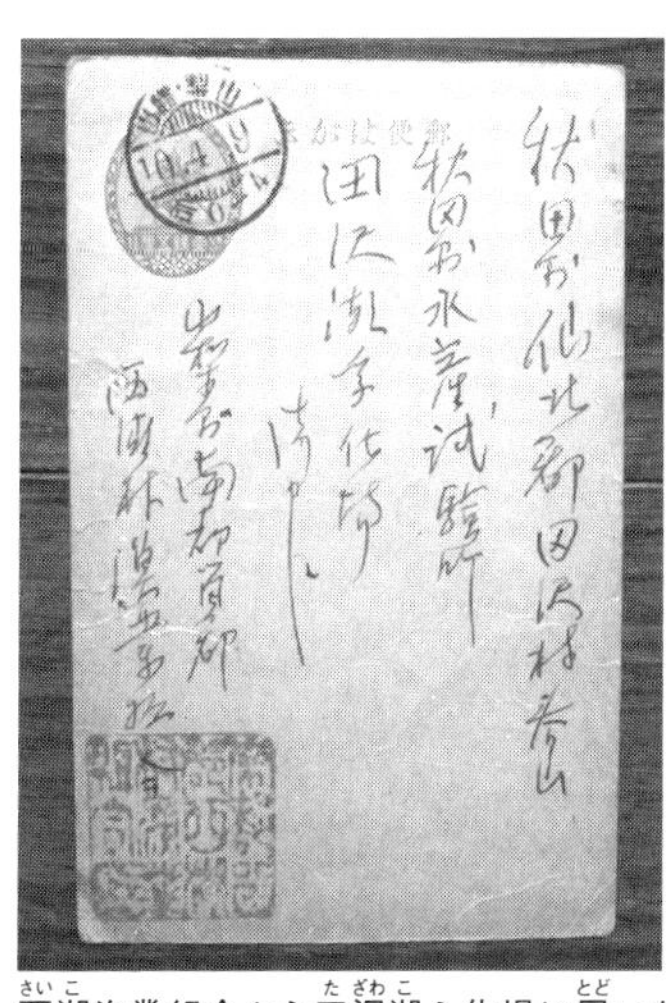
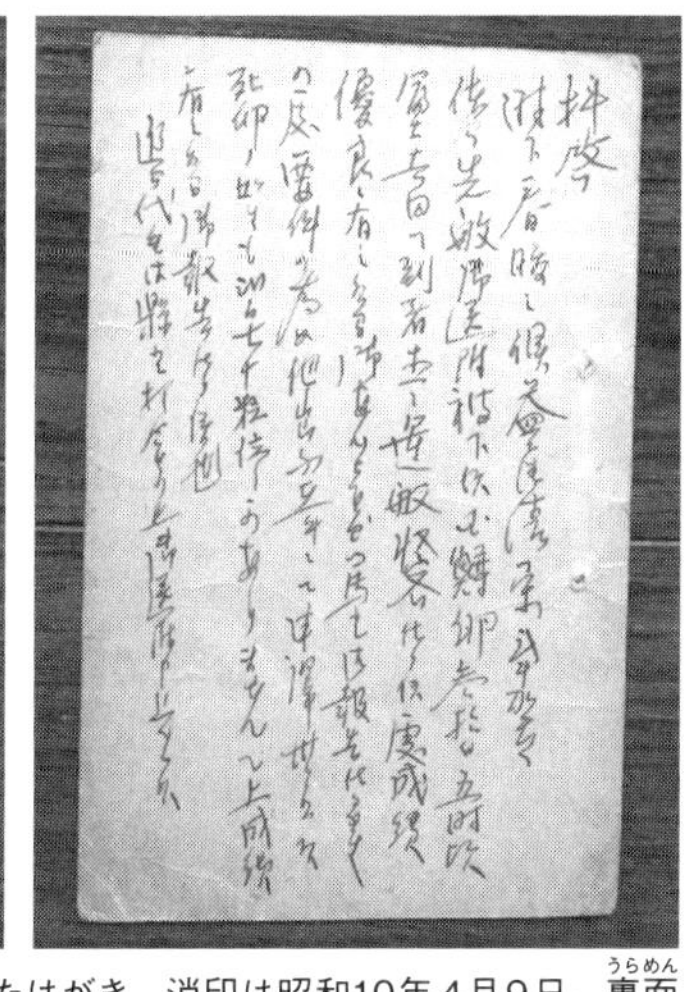

西湖漁業組合から田沢湖ふ化場に届いたはがき。消印は昭和10年４月９日。裏面には「送られた国鱒卵が三十日五時頃に富士吉田へ到着。死卵は二百七十粒しかなかった」などと書かれている。三浦家提供。

じいちゃんといっしょに駅で立ち会ったはずだ……。）

西湖漁業組合から届いたはがきには、「卵十万粒のうち、死卵は二百七十粒と少なく成績優良。代金は県と打ち合わせてから送ります。」などと記されていました。

玉川の「毒水」が田沢湖に引きこまれる五年前の一九三五年（昭和十年）、久兵衛さんの祖父の金治郎さんは漁業組合の理事をしていて、クニマスのふ化場の仕事にも携わっていました。久兵衛さんはまだ十三歳でしたが、田沢湖近くの生保内駅から卵を発送するとき、金治郎さんとともに見届けていたのでした。

卵はぬらしたさらし木綿と水苔で包まれ、木の箱に入れられていました。久兵衛さんは、命の源とも言えるこれらの卵が、山梨県まで汽車で無事に届けられるのかと、心配したことを覚えていました。

（あのとき、じいちゃんが教えてくれた。卵の表面を湿らせておけば、水から出しても生きられるのだと。それに、卵の中に目が見える状態の発眼卵になっていれば、振動や圧力にも強く、長時間の輸送にも耐えられるのだと……。）

家に残されていたはがきと駅の荷物受領証は、まさにそのときのやりとりを証明するものと言えます。

この年は、本栖湖と西湖に卵が十万粒送られていたほか、別の年には、滋賀県の琵琶湖をはじめ、長野県や富山県などへも卵が送り出されていたことがわかりました。

荷物受領證　No.

受荷主住所氏名	品名	個數	着驛	運賃
殿	活魚卵		驛	

右貨物正ニ受領運送規定ニ基キ發送可仕候也

昭和　年　月　日

秋田縣生保内驛前

生保内代理店

殿

クニマスの発眼卵10万粒が西湖へ送られたときの荷物受領証（昭和10年3月29日の日付）。旧国鉄生保内駅から客車便で送られた。品名に「活魚卵」と書かれている。三浦家提供。

（田沢湖に玉川の「毒水」が引きこまれる前、各地の湖からの要望に応じて卵を送っていたのは、いつの日かクニマスを田沢湖に戻そうとしていたということだろうか……。）

久兵衛さんにとって、クニマスが風土の違うほかの湖で生き残る可能性があるかどうかは、予測もつかないことでした。けれども、それぞれの湖で調べる価値はあるように思えました。

「湖を殺した」、「魚を殺した」という後ろめたい歴史を背負いながら、資料を繰り返し読んでいた久兵衛さんは、古い文献を調べれば調べるほど、クニマスに生きていて欲しいという思いが募りました。

（もしかしたら、どこかで生きているのではないか……。）

その期待は、どんどん大きくなるばかりでした。

久兵衛さんは各地の湖に赴くため、クニマスに関わる文献を読み返し、クニマスの生態や習性などについても無我夢中で調べ、一年ほどかけて準備を整えました。

一九八八年（昭和六十三年）二月。

久兵衛さんはいちるの望みをかけ、山梨県へ向かいました。そして、現地の漁業組合の人たちに協力してもらい、本栖湖で刺し網を仕掛けました。

けれども、期待はすぐに打ち消されました。あげた網にクニマスらしき魚は全く見当たらなかったのです。

（今回はだめだったが、これであきらめるわけにはいかない。クニマスは人目に触れることのない深い場所にひそんでいる魚だから、どこかの湖底で静かに命を育んでいるかもしれない……。)

クニマスの泳ぐ姿を思い浮かべると、いてもたってもいられなくなり、何かに突き動かされるような気持ちになってきます。

クニマス探しに執念を燃やした久兵衛さんは、かすかな情報を聞きつけては現地に飛んでいきました。

(今日も見つからなかったが、また別の季節に来てみよう。)

久兵衛さんは何度も何度も、本栖湖をはじめ各地の湖に出かけました。いつしか、クニマスはどこかで必ず生きていると思わずにはいられなくなっていたのです。

久兵衛さんがクニマスを追う旅を始めて約十年。一九九九年(平成十一年)十二月には、長男の久さんも本栖湖に同行しました。持病の心臓病や高齢のために思うように活動できない父親を案じて、いっしょに訪ねることにしたのです。

1999年（平成11年）12月。クニマスを探しに本栖湖へ行き、現地の漁師さんに協力してもらって刺し網をあげる久兵衛さん。

そして、久兵衛さんの妻のキヨさんは、クニマス漁師だった夫の気持ちに共感し、気の済むまでやらせてあげたいと思っていました。

（クニマスを滅ぼしてしまったことへの後悔は並々ならぬもの。いたたまれない気持ちになるのはよくわかる……。）

キヨさんは久兵衛さんの健康が気になりながらも、口出しすることなく見守っていました。久さんも久兵衛さんの長年の夢がかなえられればと、心から願うばかりでした。

結局、久兵衛さんは私費を投じて、田

ボートで移動する久兵衛さん（右のボートの手前）。

沢湖からはるばる全国の湖を巡り、本栖湖や西湖をはじめとする山梨県の湖には、十回も足を運びました。けれども、残念ながら、どこの湖でもクニマスの姿を見ることはかないませんでした。

78歳の久兵衛さん（右）の体調を気づかって、長男の久さんが同行。ふたりが手にしている魚は、網にかかったイワナ（右）と、ギンザケと思われる魚（左）。

第七章 懸賞金つきの「クニマス探し」

一九九五年（平成七年）春。

クニマス漁師だった久兵衛さんが、クニマスを追って全国各地へ出かけていたことは、テレビや新聞でも紹介され、大きな話題になりました。

すると、クニマスがどこかで生きているのではないかと期待する人が次々に増え、地元でも何か活動を始めようという声が高まりました。

そこで立ち上げられた企画が、「クニマス探しキャンペーン」です。久兵衛さんの熱意に共感した田沢湖町観光協会が主催し、一九九五年（平成七年）十一月から、本格的にクニマス探しを呼びかけることになりました。

一九三〇年代（昭和五年から昭和十四年まで）に行われたクニマスの卵の分譲によって、ほかの場所で生きているクニマスがいないかどうかを大々的に調べ、「幻のクニマス」を田沢湖によみがえらせようというものです。

クニマスを発見した人への懸賞金が百万円と高額だったことが話題になり、多くのマスコミに取り上げられました。

キャンペーンのポスターには、次のようにクニマスの特徴が紹介されました。

①体長　：平均して二十一〜二十四センチ。大きいものでも三十センチ。
②体色　：全体的に黒っぽく、体の表面はヌルヌルしている。
③生息域：ふだんは湖の深いところにすみ、産卵期には浅場（二十〜百六十メートル）に移動する。

送られてくる魚を調べるための「クニマス鑑定委員会」が設けられ、久兵衛さんは五人の鑑定委員のうちのひとりに選ばれました。クニマス漁師としての眼力、また、全国各地を巡ってクニマスを探してきた経験を生かしてもらおうと考えられたものです。

「クニマス探しキャンペーン」を発表したときの記者会見風景。田沢湖観光協会提供。

一九九六年（平成八年）七月。一回目の鑑定委員会が開かれ、宮城県の七ヶ宿ダムの上流で投網を用いて捕ったという魚を調べることになりました。

初めての鑑定委員会ということもあり、緊張した面持ちでのぞきこむ鑑定委員の横で、久兵衛さんが口を開きました。

「背中と背びれに黒い斑点があるし、色が違うようですな。」

久兵衛さんは自信ありげでした。

「私も違うと思います。クニマスはもっと全体が黒っぽく、斑点はないとされていますね。特徴的なところは、あらかじめ測

第1回鑑定委員会の様子。田沢湖観光協会提供。

定してありますので、みなさん、資料をご覧ください。」

別の鑑定委員があらかじめ精密な測定を行って、体長やひれの長さ、うろこの数などをまとめていました。

そして、時間をかけて協議した結果、この魚は、クニマスと同じサケ科のギンザケであると鑑定されました。

二回目の鑑定委員会では、山梨県の本栖湖で捕れた魚を調べることになりました。以前、似た魚がいると情報が寄せられていた湖からのものであり、久兵衛さんは胸をふくらませて待ち構えていました。

「いよいよ、来ましたか。本栖湖から……。」
「本栖湖には卵が送られていたそうですね。これは、クニマスの可能性もありますね。」

だれもが身を乗り出しています。手元に並べられた参考資料にあるクニマスの古い写真や絵に似ていると言えなくもありません。

「ついに、クニマスとのご対面と言えるでしょうか。」
「う〜ん、見た感じはかなり似ていますが、どうでしょう……。」

鑑定委員たちはすみずみまでくまなく観察しています。

けれども、前もって測定された部位の資料を見ながら検討した結果、ヒメマスのオスであると鑑定されました。

「残念……ヒメマスでしたか。」
「やっぱり、簡単には見つからないというわけですな。」

期待を寄せていた鑑定委員たちは、がっくりと肩を落としました。

続いて三回目の鑑定委員会でも、本栖湖から寄せられた二匹の魚を鑑定しましたが、どちらもヒメマスであるとの判断が下されました。その結果を知った地元の人たちも、落胆せずにはいられませんでした。

そして、「クニマス探しキャンペーン」の発表から一年半後の一九九七年（平成九年）四月、それまで百万円だった懸賞金は、一気に五百万円に増やされることになりました。それがマスコミに大きく取り上げられると、地元の人たちの期待は再び高まりました。

四回目の鑑定委員会では、栃木県や山梨県などから寄せられた五匹の魚が鑑定されました。クニマスの卵が送られていた西湖からの魚も届いていました。

関係者はかたずをのんでその結果を待ちます。

けれども、斑点の有無やうろこの数、えらの中にある器官の数、口の大きさなどを調べた結果、またもやすべてがヒメマスであると鑑定されました。

「五匹とも、十月から十一月にかけて捕られたもの。ヒメマスはちょうど産卵期にあたり、体の色が少し黒っぽくなるんです。たぶん、その色で誤解されたのかもしれませんね。」

「西湖からの魚も、やっぱりヒメマスでしたか……。」

「キャンペーンを始めてから二年。送られてくる魚がだんだん減っていますね。」

厳しい現実に、鑑定委員たちのあせりは募りますが、いい手立てはなかなか見つかりません。

結局、三年におよぶキャンペーン中に寄せられた魚は、十三匹に止まりました。クニマスと断定された魚はおらず、その中の十匹はクニマスと最も似ているヒメマスであると鑑定されました。

鑑定委員も関係者も心残りがありましたが、「クニマス探しキャンペーン」は終了せざるをえませんでした。

（やっぱり、もう、クニマスはどこにもいないのか……。）

久兵衛さんは深いためいきをつきました。

（クニマスが見つからなかったのは残念だけれども、全国の人に田沢湖のクニマスについて知ってもらういい機会になったはず。）

自分に言い聞かせるかのように、久兵衛さんは心の中でつぶやきました。

この「クニマス探しキャンペーン」が展開されたことは意義のあることだったと思い、この活動が今後につながることを願うばかりでした。

第八章　クニマス漁師としての責任

二〇〇〇年（平成十二年）冬。

「クニマス探しキャンペーン」が終わったあとも、久兵衛さんは独自にクニマスの研究を続け、「クニマスの語り部」としての活動も行っていました。小中学生が、クニマス漁や昔の田沢湖の様子について話を聞きたいと自宅を訪れることもたびたびあり、久兵衛さんは「クニマスのおじいちゃん」と呼ばれて親しまれていました。

二月下旬のこの日も、昭和初期のクニマス漁についての問い合わせがあり、久兵衛さんは文献や写真をいくつも出してきては、テーブルの上に広げていました。

古い文献は手書きの文字が薄くなっていたり、草書の文字がわかりにくかったりするので、老眼鏡をかけて目を凝らさなければなりません。

「お父さん、少し休んでください。」

長男・久さんの妻である富美子さんが熱いお茶を運んできてくれました。

「ずいぶん古い写真ですね。湖の水位が今とは違うし、木がこんなに茂って……。」

富美子さんの目は写真にくぎづけになりました。六十年以上も前の白黒の写真は、水墨画のように情緒あふれる美しさです。

「昔は、湖の周りに木々が立ち並び、うっそうとしていたんだ。ダム湖になって水位が下がってから、天然の樹林は崩れてなくなってしまった。あれからずいぶん経って、世の中も大きく変わってしまったなあ……。」

久兵衛さんはお茶を口に含むと、目を閉じました。過ぎた日々を思い起こしているようです。

「本当に、殺風景になってしまいましたね……。」

富美子さんはそれ以上かける言葉が見つかりませんでした。

三月中旬。時折のぞく春の日ざしを浴びて、家の周囲に残っていた根雪も少しずつ溶けてきました。久さんと富美子さんは桜の苗木を植えようと、湖の近くにある所有地の土を掘り起こしていました。

富美子さんの生まれ故郷は田沢湖町の隣町で、しだれ桜の景勝地として有名な角館町。久兵衛さんから昔の写真を見せてもらったあと、富美子さんはそのしだれ桜の苗木を植えようと思い立ちました。

「嫁いできてから二十二年。その間にも湖岸の景色はどんどん変わってきている。これから先、どうなっていくのか……。」

富美子さんは、湖の周りの景観をかつてのように美しくよみがえらせることができないかと考えたのです。

「桜の花は、青い湖に映えるだろうな。これは楽しみだな。」

シャベルを手にした久さんの顔もほころんでいます。

「少しでも、お父さんの気持ちがいやされればいいのだけれど……。」

もうじき八十歳になる久兵衛さんの思いに、わずかでも寄り添うことができればと、久さんも富美子さんも桜の成長を楽しみにしていました。

それからまもなく、久兵衛さんの元にうれしい知らせが入りました。かつて湖畔にあったクニマスと蚕の供養塚が復元されることが決まったというものです。

「供養塚が取り壊されてから三十年も経つ。やっと、訴えが認められたか……。」

久兵衛さんは、妻のキヨさん、そして、久さんと富美子さんに、和らいだ表情で言いました。

クニマスの供養塚とは、クニマスを弔い感謝の気持ちを表したもので、蚕の供養塚と合わせて建立されていました。いつ建てられたのか定かではないものの、江戸時代末期にはあったと伝えられていました。

ところが、一九六七年（昭和四十二年）、湖畔で全国植樹祭が開かれたとき、大型バス用の駐車場を整備するという理由で取り壊されてしまったのです。

「クニマスはいなくなってしまったけれど、その供養塚はクニマスが存在していた証であり、漁師の生活の象徴と言えるものだった。わしらに何も告げずに取っ払ってしまったのは、実にむごいことではないか……。」

久兵衛さんは納得がいかず、漁師だった人たちを代表して、供養塚の復元を役所に訴えることにしました。

田沢湖の漁師にとって、クニマスは貴重な収入源とも言える魚でした。また、昭和初期まで蚕を飼っている人が多かったのは、蚕から取り出した絹糸をより合わせて漁網を作っていたからで、この土地では、蚕もまた人々の生活の糧でした。

「クニマスが滅んでしまった今、クニマスと蚕の供養塚だけでも復元させたい。多くの人の記憶に残すためにも、次代を引き継ぐ子どもたちに伝えていくためにも、供養塚はこの地にあるべきなのだ。」

久兵衛さんには、クニマス漁師としての意地がありました。そのため、クニマスの語り部としての活動をしながら、長年に渡って、供養塚の復元を強く呼びかけてきたのです。

田沢湖町ではこうした声を受けて、元々あった場所の近くに、クニマスと蚕の供養塚を復元することにしました。実に三十三年ぶりの復活でした。

「時間はかかったけれども、思いが届いたのはうれしい。ようやく、胸のつかえが下りた……。」

家の居間から見える場所にある新しい供養塚を、久兵衛さんは目を細めながら見つめていました。

最初はどんなに小さな声でも、小さな活動でも、地道に根気よく続けていれば、いつか形になると信じていた久兵衛さんは、クニマスの研究に全力を注ぎ、クニマス探しにも情熱を傾けていました。

けれども、二〇〇六年（平成十八年）五月二十日、心臓の病気が原因で、八十四歳で静かに息を引き取りました。クニマス漁師として働いたのは、ごくわずかの年数でしたが、クニマスに関わり続けた人生でした。

三浦家三代そろって。前列左から孫の洋平さん、久兵衛さん、久さん、孫の尚介さん。後列左からキヨさん、富美子さん。2005年（平成17年）12月31日撮影。

2000年（平成12年）に復元されたクニマス塚（奥）と蚕塚（手前）。ふたつ合わせて「蚕魚墳」と呼ばれている。

蚕魚墳の前に掲げられた案内板には「古老の記憶をもとに往時の姿に復元した」といった説明文がある。この古老とは、久兵衛さんのことを指している。

第九章　七十年ぶりの発見

二〇〇七年（平成十九年）四月。

三浦久兵衛さんが亡くなってから、ほぼ一年が過ぎました。

「クニマスは絶滅したのだろうか……。でも、昔から人目に触れずに生きてきた魚なのだから、もしかすると、どこかでひっそりと生きているかもしれない。そう信じたい。」

久さんは、久兵衛さんが晩年に繰り返し語っていたこの言葉が、いつまでも耳にこびりついて離れません。年老いてからもクニマスの語り部として活動を続けるなど、誇り高く生きた父親に対し、家族として、そして、代々クニマス漁を営んできた家の長男として、頭が下がる思いでいっぱいでした。

（かつての美しい景観の田沢湖、さまざまな魚が生き生きと泳ぐ田沢湖をどんなに見たかったことか……。)

久さんは、夢を果たせないまま命が尽きた父親の無念さを思い、強い想いを抱いていました。

(父さんのクニマスに向ける情熱を引き継ぎたい。何か形で示せるものはないだろうか。地域の人たちもいっしょにできるような……。)

久さんは田沢湖の南側のほとりに住み、家のすぐ近くで茶屋を営んでいますが、雪が積もる十二月から四月までは店を閉めて、林業の仕事に専念しています。

久兵衛さんの遺志を継ぎ、自分ができることはないかと模索していた久さんは、クニマス漁に使われていた昔ながらの丸木舟を復元させてみようと思い立ちました。参考にするのは、田沢湖郷土史料館に展示されている、明治三十年(一八九七年)ごろに作られた丸木舟です。

久さんは早速、自分の所有する山から、樹齢が百五十年と見られる杉の古木を切り出しました。直径が七十五センチもある見事な秋田杉で、チェーンソーで中をざっとえぐり取ったあとは、のみで少しずつ削っていきます。丸太の中をくり抜く技法による、伝統の「くり舟」です。

また、久さんは、久兵衛さんが大事にしていたクニマスにまつわる文献にも目を通し始めました。

（古文書がこんなにたくさんあるとは……。大事に保存していかなくてはならない。）

丁寧に見ていくと、江戸時代後期から昭和初期にかけての田沢湖の漁業やふ化事業の実態をはじめ、卵の分譲についても詳しく知ることができます。地元の人々の生活とクニマスの関わりの深さを知るうえでも、地域の歴史を物語る貴重な資料と言えます。

先祖から伝えられてきた文献を受け継いだ久さんは、大きな責任を感じずにはいられませんでした。

二〇一〇年（平成二十二年）四月中旬。

うららかな陽気に誘われて、桜のつぼみがふくらみかけています。

この年は、田沢湖に玉川の「毒水」が引きこまれてから、ちょうど七十年の節目の年にあたります。

「丸木舟でクニマス漁をしていたころの、美しい湖を想像してもらいたい。」

久さんはかつての美しい田沢湖をよみがえらせることにつながればと、丸木舟の製作に没頭していました。

すると、久さんの考えに共感する人が徐々に増え、丸木舟作りの作業を手伝ってくれるようになりました。そして、クニマス漁のことを知る地元のお年寄りも、当時の湖の様子や湖畔の暮らしぶりなどについて積極的に話してくれるようになったのです。

（小さな輪がどんどん大きくなっている。「クニマスのふるさと」という思いを共有できるのは、何よりもうれしいこと……。）

70年ぶりに田沢湖に浮かべられた伝統の丸木舟。

久さんは、地元の人たちの応援を心強く感じていました。

湖を囲む山々は、まばゆいばかりの新緑に包まれています。

六月中旬。「くにます」と名づけられた丸木舟の進水式を見ようと、大勢の人たちが湖畔に集まっています。田沢湖にクニマス漁の丸木舟が繰り出されるのは、実に七十年ぶりのこと。きらきらと輝く湖面を進む丸木舟を見つめる人たちから、大きな拍手が起こりました。

（父さんも、じいちゃんも、こんなふうに

この湖を突き進んでいたんだ……。）

久さんは、父親の久兵衛さんと祖父の正善さんが漁をしていたときの姿を全く知りません。けれども、丸木舟を巧みに操り、クニマス漁の刺し網を丁寧に引き上げるふたりの姿が目に浮かびました。そして、網にかかったクニマスがばしゃばしゃとはねる音までもが聞こえてくるように感じられました。


半年後。田沢湖の寒さは厳しくなり、湖畔の集落は深い雪にすっぽりと覆われています。

十二月十四日。久さんは自分の所有する山に入り、杉の木を切り出す作業をしていました。この時期は日が暮れるのが早く、山あいの道は午後四時ともなると薄暗くなってきます。久さんは早々と作業を切り上げ、家に戻ることにしました。

帰宅してまもなく、東京の新聞社から電話がかかってきました。その記者は五か月ほど前に久さんの家を訪れ、田沢湖のクニマスについて、いろいろと取材をしていった人です。

久さんの家にはクニマスにまつわる古い文献がたくさん残されているため、またクニマスについての問い合わせだろうと思いました。

けれども、記者からの言葉は、意外なものでした。

「そ、それは、本当ですか？」

久さんは、思わず自分の耳を疑いました。

「……わかりました。明日の朝刊に掲載されるということですね。わざわざお知らせくださり、ありがとうございました。」

電話を切ったあとも、久さんはその場に立ち尽くしていました。

（ついに、ついに見つかったか！）

胸の鼓動が大きくなるとともに、言い知れない喜びがあふれてきました。

翌十二月十五日の朝。いつもより早く目が覚めた久さんは、車に飛び乗って新聞を買いにいきました。記事が掲載されるのは、自宅への配達を頼んでいない全国紙だったので、コンビニ店まで買いにいかなくてはならなかったのです。

「これだ、これだ！　クニマスの記事が出ている！」

新聞の第一面にある見出しが目に飛びこんできました。『絶滅』クニマス生きていた！」と大きな文字で書かれています。

早速、車に戻って記事を読みました。田沢湖にしか生息していなかったクニマスが七十年ぶりに発見されたことについて、詳しく紹介されていました。

久さんは、妻の富美子さんと母親のキヨさんにも早く見せたくて、車を走らせました。

「お帰りなさい。新聞は買えたの？」

富美子さんが玄関先で待ち構えていました。

「ほら、これだよ！　山梨県の西湖で捕れた魚が、クニマスだったんだと！」

「西湖は、お父さんが何度も探しに行っていたところでしょ。やっぱり、本当にいたのね。」

「そうなんだ。クニマスは、西湖で生きながらえていたんだよ。」

ふたりは久兵衛さんの遺影が飾られている仏間に向かいました。

久さんの母親のキヨさんが、仏壇の前に座っています。

「母さん、ほら、ここに記事が出ているよ。」

新聞を受け取ったキヨさんは一字一字ゆっくりと、かみしめるように読んでいきました。

「えがったなあ……。クニマスが見つかったと……。」

キヨさんは新聞を仏壇に供えると、久兵衛さんの遺影に手を合わせました。クニマスを追って全国各地の湖に足を運んでいたころの夫の姿が目に浮かび、涙がこみあげて止まりません。

「父さんが生きていたら、どんなに喜んだことか……。」

久さんも、それ以上言葉になりません。この喜びを父親と分かち合いたかったと、心の底から思いました。

クニマスの発見につながる大きな展開があったのは、この年の三月のことでした。山梨県の西湖で捕れた「クロマス」がクニマスではないかと、確認調査が続けられていたのです。西湖の地元では、産卵期に黒く変色するマスを「クロマス」と呼び、普通のヒメマスと区別していました。長い間、ヒメマスだと思われていた魚だったのです。

普通、ヒメマスは銀色をしていますが、届いた「クロマス」は名前の通り、かなり黒い体色をしていました。それに、尾びれが傷つき、お腹の中は空っぽで、これらは産卵行動をしたあとの特徴だったのです。

また、ワカサギ漁の底刺し網に引っかかったもので、その網は水深三十メートルから四十メートルに仕掛けられていたこともわかりました。

「ヒメマスにしてはずいぶん黒いし、この時期に産卵したヒメマスが見つかるのは、

西湖産のクニマスのオス（上）とメス（下）。上のオスは成熟が進み「クロマス」と呼ばれる黒い体色になっているが、下のメスは銀色の部分が多く未成熟の状態。山梨県水産技術センター提供。

〈クニマスの特徴〉

- 全長：平均は25〜30cm。大きいものは40cmを超える。
- 体色：全体に黒っぽい。
- 皮膚：厚めでヌルヌルしている。
- 脂びれがある（サケの仲間には、背びれと尾びれの間にこのひれがある）。
- 稚魚のときは、体の側面にパーマーク（楕円形の斑点）がある。

〈田沢湖と西湖の位置〉

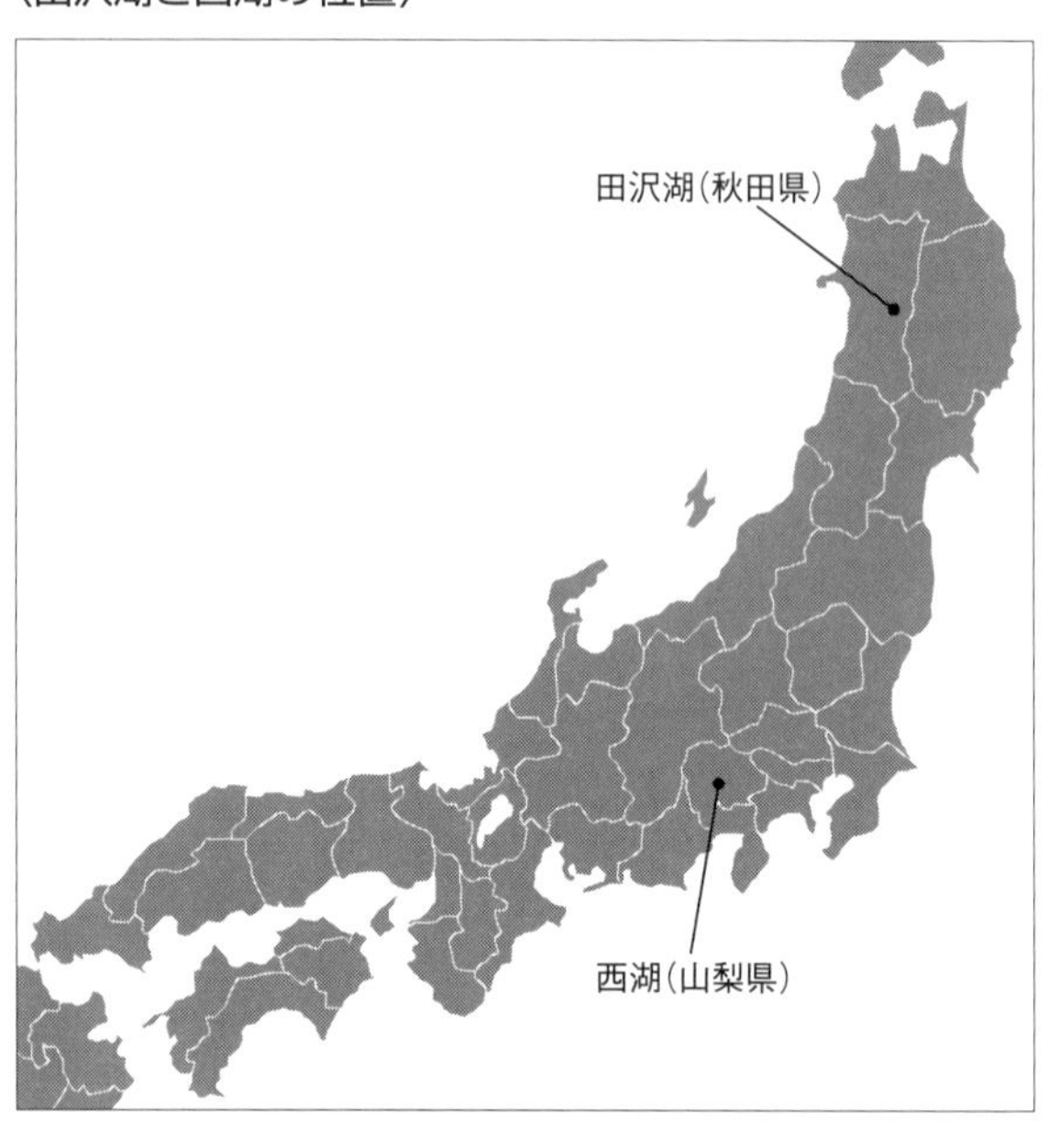

おかしいですね。」

「ヒメマスは、そんな深いところでは産卵しませんよ。」

「クロマス」を取り囲んだ研究者たちは、首をかしげました。

手元に寄せられた二匹だけでは判断材料として十分ではないため、西湖の漁師に頼んで、さらに「クロマス」を送ってもらうことにしました。

すると、新たに届いたものの中には、お腹に黄色い卵が残っているメスもいました。ヒメマスは秋に卵を産むため、このようなヒメマスが発見されるのは、非常に不可解なことでした。それに、

〈産卵時期と産卵場所の違い〉

	産卵時期	産卵場所の水深
田沢湖のクニマス	2月前後（最盛期） 9月前後	40～50m 100～200m
西湖の「クロマス」	3月	30～40m
ヒメマス	9月～11月	湖に流入する河川や湖岸の浅瀬

捕れた場所は、やはり、水深三十メートルから四十メートルだったと知らされました。

「ヒメマスがこの時期に、これほど深いところで産卵するのはありえない。」

「もしかしたら、これは、かつて田沢湖にいたというクニマスなのでは……。」

田沢湖のクニマスの卵が西湖に移植されていたことを知っていた研究者たちは、いぶかしげな表情を浮かべました。

田沢湖のクニマスは一年を通して産卵し、その最盛期は二月前後で、産卵場所は水深四十メートルから五十メートルの湖底だったと言われています。次に盛んだったのは九月前後で、その時期の産卵場所は水深百メートルから二百メートルの湖底であるとされています。つまり、西湖の「クロマス」は、産卵時期も場所も、クニマスの条件とほぼ一致するのです。

もし、田沢湖で絶滅したとされるクニマスだとしたら、昭和の初期に移植された卵から命をつないで、生きながらえてきたことになります。そんなことが本当にありうるのでしょうか。

「これは、西湖に行って調べなくては……。」

研究者たちは現場に行って確かめたいと思い、この「クロマス」の正体を追跡することにしました。


四月初め。研究者たちは山梨県の富士河口湖町に向かいました。

富士山のふもとにある富士五湖のうち、西湖、本栖湖、精進湖、河口湖は富士河口湖町にあり（注：本栖湖は富士河口湖町と身延町にまたがっている）、もうひとつの山中湖は山中湖村にあります。

五つとも富士山の噴火による噴出物で形成されたせき止め湖で、最も深い本栖湖の最大水深は百二十一・六メートルにおよびます。西湖は二番目に深く、最も深いところは七十一・五メートルに達します。

四日の早朝、風は穏やかで、湖面は碧々と輝いていました。西湖漁業組合の三浦保明組合長（当時）に案内され、研究者たちはモーターボートで湖へ繰り出しました。三月に捕れた「クロマス」は、ワカサギ漁の底刺し網で捕れたものだったので、同じ場所に前の日からふたつの網を仕掛けてもらっていたのです。

「それじゃあ、始めますよ。」

網を引き上げる準備を整えた三浦組合長は、手にした網をゆっくりと引き上げました。

十二センチほどの大きさのワカサギが次々に姿を現しました。ばしゃばしゃと水を打つ音が、静かな湖を眠りから覚ますようです。

けれども、どんなに目を凝らして見ても、ワカサギよりも大きな魚は見当たりません。ささやかな期待は、あえなく覆されてしまいました。

「だめか……。」

「でも、網はもうひとつあります……。」

次の網に望みをかけました。

ふたつ目の網の引き上げに取りかかった三浦組合長の手元を、だれもが祈るような気持ちで見つめています。

たぐり寄せられた網が、ボートの上にどんどんたまっていきます。けれども、湖面に姿を現すのは、小ぶりのワカサギばかり。キラキラと銀色に光るワカサギを見つつ、息を詰めて待ち構えます。

そして、網の引き上げがほとんど終わりかと思いかけたそのときです。

「あ～、かかってる！　かかっていますよ～。」

「やっぱり、いましたね！」

ワカサギに混じって、大きめの魚が一匹上がってきました。それも、黒っぽい色をしているではありませんか。待ちこがれた「クロマス」が目の前に現れ、だれもが興奮を隠しきれません。

三月に捕れた「クロマス」と同じように、尾びれの下半分が傷ついていて、産卵したあとと見てとれます。解剖をしたり分析調査をしたりして、科学的に証明できるまで判断することはできないものの、クニマスである可能性を考えると、研究者たちは胸が高鳴ってしかたがありません。喜びととまどいが混じった感情を抑えるのがやっとでした。

ところが、モーターボートを岸につけると、三浦組合長は困惑した表情で言いました。

「地元では、この黒いマスを『クロマス』と呼んでいます。『クロマス』は冬季に産卵していて、二月ごろは産卵を終えた『クロマス』が岸に打ち上げられます。産卵期に変色するヒメマスが『クロマス』なんです。」

研究者たちはうなずきながら聞いています。

「なるほど。でも、それこそが、まさに、クニマスの特徴なんですよ。」

「でも、『クロマス』は、ここでは普通に食べている魚です……。」

西湖の漁師たちは、この「クロマス」をほかの魚といっしょに漁で捕っていたうえ、一般の釣り客も、この魚を釣り上げることがありました。

「実は、この『クロマス』を、田沢湖町観光協会が行った『クニマス探しキャンペーン』に送ったという人がいます。けれども、クニマスとは鑑定されなかったそうなんです。」

三浦組合長はためらいがちに言いました。

(小さいころから、「クロマス」と呼んできた魚。これが、田沢湖にいたというクニマス？　本当なのだろうか……。)

「クロマス」と呼んでなじんできた魚が、絶滅種のクニマスである可能性について研究者たちから説明されても、信じられない思いでいっぱいでした。

次の日から、研究者たちは、手元に集めた九匹の「クロマス」の解剖に取りかかりました。これらがクニマスであることを科学的に証明するには、クニマスだけに見られる特徴を探し出さなければなりません。

論文や文献をいろいろ調べたところ、サケの仲間のうち、鰓耙と幽門垂の数の組み合わせには、クニマスだけに見られる値があることがわかりました。そこで、まずはこのふたつの器官の数を徹底的に調べていくことにしました。

鰓耙とは、えらの中にある白くギザギザした、くしのような形の器官で、えさとなるプランクトンを、ここでこして食べます。また、幽門垂とは、胃から腸に続くところにある細い袋状の器官で、消化酵素を分泌しているとされています。

鰓耙数はクニマスが三十四〜四十一でヒメマスは二十七〜四十と、かち合うところが多いものの、幽門垂数はクニマスが四十六〜五十九でヒメマスは六十七〜九十四と、かなりの違いがあることがわかっています。

つまり、えらの中の鰓耙と消化器官の幽門垂の数を調べて、ヒメマスとの違いを

〈鰓耙と幽門垂の数の比較〉

	鰓耙の数	幽門垂の数
クニマス	34〜41	46〜59
ヒメマス	27〜40	67〜94
サケ	19〜27	121〜215
サクラマス	14〜22	36〜68

注：ジョーダン氏とマグレガー氏が共に発表した論文（1925年）のほか、越田徳次郎氏の論文（1910年）、疋田豊彦氏の論文（1962年）をもとに作成。

鰓耙と幽門垂（ヒメマス）。

クニマスの幽門垂。
写真提供:山梨県水産技術センター。

はっきりさせられれば、おのずと結論が出るということになるのです。

鰓耙が多いということは、ごく小さいプランクトンでもこせるということを意味します。また、幽門垂が少ないということは、消化酵素をあまり多くは必要としないという意味になります。つまり、クニマスがすんでいた田沢湖には、えさとなるプランクトンが少なかったと言い換えることができそうです。

実際、田沢湖は深さが四百二十三・四メートルもある、透明度の高い美しい湖ではあったものの、魚にとってはえさに乏しい湖だったとされています。クニマスは厳しい環境のもとで生きながらえるために、このような特徴を持つ姿になったとも言えるかもしれません。

研究者たちは、さらに、西湖の普通のヒメマスのほか、ヒメマスの日本の原産地のひとつである北海道の阿寒湖からもヒメマスを取り寄せ、鰓耙数と幽門垂数を調べ上げることにしました。「クロマス」との違いを明らかにすることができれば、クニマスであることの決定的な裏づけとなるに違いありません。

研究者たちは朝から晩まで顕微鏡をのぞく日が続きました。一匹の鰓耙と幽門垂の数を調べるには、少なくとも五時間はかかります。顕微鏡をのぞきながら、細かな器官をピンセットで数えていくのは、非常に根気のいる作業でした。

四月下旬。分析調査の結果が明らかになりました。予想通り、西湖の「クロマス」は、普通のヒメマスに比べて幽門垂の数が大幅に少なく、クニマスそのものの値でした。そして、西湖の普通の色のヒメマスと阿寒湖のヒメマスを比較したところ、鰓耙も幽門垂もほぼ同じ数だったのです。

さらに、遺伝子を解析した結果、「クロマス」とヒメマスの間には、はっきりとした遺伝子の違いのあることがわかりました。ヒメマスと交雑したものではないことが明らかになり、全く違う種だということがわかったのです。これで「クロマス」はクニマスであること、そして、田沢湖のクニマスが西湖でしっかりと生き続けていたことが証明できたと言えるのでした。

田沢湖から西湖にクニマスの卵が送られたのは、一九三五年（昭和十年）のこと。

その卵からふ化した稚魚が、富士山のふもとにある小さな湖で生き延び、脈々と命をつないで現在に至っているのは、奇跡的なことです。その生命の神秘に、研究者たちは畏敬の念を抱かずにはいられません。

研究を通じて、人間の傲慢な行いが魚類におよぼした影響の例を数多く見てきた研究者たちは、クニマスの発見に関わることができたのを喜ぶ一方で、大きな責任を感じていました。

クニマスこぼれ話③　漫画「釣りキチ三平」のドラマが現実になった!

「釣りキチ三平」は、秋田県雄勝郡西成瀬村（現在の横手市増田町）出身の漫画家・矢口高雄氏の代表作で、1973年（昭和48年）から約10年間に渡って「週刊少年マガジン」に連載されました。

その連載が終了してから18年後の2000年（平成12年)、矢口氏の「漫画家生活30周年」を祝うパーティーで、多くの関係者やファンから「三平君に会いたい」というアンコールを受けたことから、「平成版・釣りキチ三平」が再始動されることになりました。

その「平成版・釣りキチ三平」で最初に取り上げられたのが田沢湖のクニマスで、漫画のタイトルは「地底湖のキノシリマス」でした。

内容は、国策によって田沢湖に玉川の毒水が引きこまれるのを憂慮した三平の祖父の一平が、クニマスの卵をひそかに移植していたというもの。そして、その祖父の死後、三平は祖父から聞かされていた言葉を思い出し、地図にも載っていない小さな地底湖に探しに行き、そこでクニマスの群れを発見するというストーリーでした。

この漫画「地底湖のキノシリマス」が単行本として出版されたのは2002年（平成14年）でしたが、実際に西湖でクニマスが発見されたのは、それから8年後の2010年（平成22年）のこと。

クニマスの卵が別の湖に移植されていたこと、また、クニマスが人知れず命をつなぎ、何十年も経ってから発見されたことなどが報道されると、「釣りキチ三平のドラマが現実になった！」、「まるで今回のことを予見していたようだ」と、大きな反響を巻き起こしました。

メディアの取材に対して、矢口氏は「クニマスは必ずどこかで生きていると思っていた。その願いを託して漫画にしたのだが、思い通りになって、うれしい限り。田沢湖への里帰りを早く実現させてほしい」と語っていました。

第十章　田沢湖と西湖が「姉妹湖」に

二〇一〇年（平成二十二年）十二月十五日。

「クニマスは生きていた！」

田沢湖で絶滅していたクニマスが発見された、というニュースが日本中をかけ巡りました。そして、田沢湖から五百キロメートルも離れた西湖で生き延びていた経緯に、多くの人が驚かずにはいられませんでした。

深い雪に覆われた田沢湖周辺は、例年なら観光客も少なく、ひっそりとしたたたずまいになる時期。けれども、このニュースが報じられてからは、おびただしい数の報道関係者が詰めかけています。

湖畔の三浦久さんの家では、電話がひっきりなしに鳴っています。

「お父様の久兵衛さんが、西湖までクニマスを探しに行かれていたそうですね。そのときのお話をぜひ教えていただきたいのです。」

「三浦さんのお宅に、クニマス漁の古い文献が残されていると聞きましたが、見せていただけないでしょうか。」

　取材の問い合わせが相次ぎ、たくさんの人が自宅を訪れました。年越しの時期とも重なって、久さんと富美子さんは応対で大わらわになりました。

「クニマス発見」のニュースは、秋田県の地元の新聞やテレビでも連日大きく取り上げられ、反響を巻き起こしました。

　懸賞金をかけて行われた「クニマス探しキャンペーン」でも見つからず、ほとんどの人がクニマスはもう存在しないのだとあきらめていたのですから、地元の人々は大喜びです。

「クニマスが見つかったんだってね。」

「やっぱり、生きていたんだね。」

どこに行っても、クニマスの話題で持ち切りです。そして、日を追うごとにクニマスへの関心はますます高まり、田沢湖の街には活気も出てきました。

「クニマスが田沢湖で泳ぐ姿を見たいもんだね。」

「クニマスをふるさとによみがえらせよう。」

「きっと辰子姫も待ちわびているに違いない……。」

ひとりひとりの熱い声がひとつにまとまり、さらに大きなうねりになっていきました。


その声は地域の自治体を動かします。

「クニマス発見」の報道から六日後の十二月二十一日。仙北市（注：田沢湖町は二〇〇五年九月、同じ仙北郡内の角館町と西木村と合併して仙北市になった）と秋田県は共同で「クニマス里帰りプロジェクト」を発足させました。田沢湖の水はまだ酸性が強く、クニマスがすめる水質ではないため、どうしたら元の自然環境を取り戻すことができるのか、また、里帰りを実現するにはどうすべきかなど、今後の対策や可能性を探っていくことになったのです。

久さんは、仙北市の門脇光浩市長をはじめとする市役所関係者、「田沢湖に生命を育む会」の田口達生代表たちといっしょに、西湖のある山梨県の富士河口湖町を訪問することにしました。そして、クニマスの卵が西湖に移植されていたことを証明する文献の写しを、渡辺凱保町長（当時）、西湖漁業組合の三浦保明組合長（当時）に手渡し、クニマスを守ってくれたことへの感謝の気持ちを伝えました。

「クニマスの卵が移植されてから七十年以上も生き延びてこられたのは、この西湖の豊かな自然があったからこそだと思っています。ふるさとの田沢湖にクニマスをよみがえらせるために、どうかご協力をお願いします。」

クニマスの発見について報道されてから、ほぼ一年後の二〇一一年（平成二十三年）十一月二日。仙北市の田沢湖と富士河口湖町の西湖は「姉妹湖提携」を結びました。両方の自治体が協力して湖の環境保全を図り、観光やスポーツ、文化などを通じて交流を進めていこうというのです。

「クニマスを田沢湖に里帰りさせるには長い年月がかかるかもしれませんが、自治体同士の信頼関係があってこそ実現が可能になると言えます。田沢湖のように『日本一深い』交流をしていければと願っています。」

調印式で、仙北市の門脇市長は力をこめてあいさつを述べました。

それを受けて、富士河口湖町の渡辺凱保町長は、

「クニマスが発見されたのは、西湖の関係者が環境保全に努めてきた結果。はやる気持ちをおさえ、クニマスの生態調査をしっかりと行い、田沢湖への里帰りにつなげていきたい。」

と語り、門脇市長と固い握手を交わしました。

調印式に出席した人たちはだれもが、お互いの異なる地域文化を理解しながら、将来につながる実りある交流が続くことを心から願っていました。

三浦久さんと妻の富美子さん。

姉妹湖提携の調印式で握手をする仙北市の門脇光浩市長（左）と富士河口湖町の渡辺凱保町長（右）。

クニマスこぼれ話④　西湖で産卵するクニマスの撮影に成功

2012年（平成24年）2月、西湖に生息するクニマスが産卵する様子を、NHKの取材班が撮影することに成功しました。

田沢湖にしかすんでいなかったクニマスは、1940年（昭和15年）の玉川からの導水により、その生態も習性も十分に解明されないまま姿を消したため、水中で泳ぐ姿が撮影されたのは世界で初めてのことでした。

文献や証言などによると、田沢湖のクニマスの産卵最盛期は1月～3月の寒い時期とされていました。また、産卵場所は湖底から水が湧き出る砂れき（砂と小石）に覆われたところで、水温は4度程度であると言われていました。

そこで、NHKの取材班が音波による探査機器を使って西湖の湖底を調査したところ、湖の北側に、水温が4度ほどで、砂れきがあり湧水の出ている場所が見つかりました。

船上から遠隔操作できる水中カメラを設置したところ、予想通り、クニマスのメスが姿を現し、尾びれで砂れきをたたきながら産卵場所を造る様子を撮影することができました。実際に潜水して調べると、砂れきの中にクニマスの卵があるのが確認されたのです。

この撮影により、昔から伝えられてきた通り、クニマスは冬季に産卵することが証明されたと言えます。

また、このとき撮影されたクニマスは、カメラを警戒している様子はほとんどなく、泳ぎもゆっくりしていたことが明らかになりました。

田沢湖とは違って、西湖にはブラックバスのような肉食魚がいますが、クニマスが生息している場所の水深と水温などが、西湖の肉食魚が生息する環境とは異なっており、すみ分けがなされていることがわかったのです。

クニマスの受精卵が西湖に移植された1935年（昭和10年）から、生命を脅かされることなく生き延びてこられたのは、天敵がいないことも要因のひとつとなったようです。

第十一章　クニマス養殖の取り組み

西湖でクニマスが発見されたあと、山梨県南都留郡忍野村にある「山梨県水産技術センター忍野支所」では、種の保存を目的としたクニマスの養殖に取り組んでいました。

二〇一二年（平成二十四年）一月には、西湖で捕獲したクニマスのオスとメスの十三ペアから約四千五百個の卵を採取し、ふ化させることに成功しました。

サケ科の仲間のクニマスはふ化したあと、腹部のさい嚢にある栄養を吸収しながら成長するため、えさを食べるのは体がある程度できあがってからになります。けれども、クニマスの餌づけは非常にむずかしいことから、昭和の初めごろ、田沢湖にあったふ化場では、稚魚を早い段階で放流していました。

稚魚から成魚になるまでどのように成長していくのか、その生態も習性も全く解明されないまま、田沢湖のクニマスは絶滅してしまったため、参考にできる文献はほとんどありません。

クニマスの養殖に携わるセンターの研究員たちは、頭を抱えていました。

「稚魚はどんなえさを好むのだろうか……。」

「頼りになる資料はほとんどないから、いろいろ手探りしながら試していくしかない。」

無事にふ化させることはできたものの、稚魚の飼育が思うようにいきません。

「ヒメマスのえさを与えてみましょうか。」

「そうだね。ヒメマスはクニマスと一番似ている魚なのだから、食べてくれるかもしれない。」

研究員たちが見守る中、クニマスの稚魚はヒメマスの養殖に使うえさの配合飼料に反応してくれました。初めはなかなかうまくいかなかったものの、試行錯誤を繰り返した結果、ヒメマスとほぼ同じ条件で飼育できることがわかりました。

けれども、安心したのも束の間、問題が起きました。自力でえさを食べるようになってから三か月後の生存率は約三〇％で、ヒメマスの半分の値にしかならなかったのです。

「えさの食いつきがあまりよくないから、どんどん弱ってしまう……。」

「野生のクニマスから養殖した一世代目は、人工の飼育には慣れていない。養殖を何代も重ねていけば、生存率は上がっていくのではないだろうか。」

水槽の中で泳ぐ稚魚を、研究員たちは祈るような思いで見つめていました。

田沢湖のクニマスは、冬は水深四十メートルから五十メートルの湖底で産卵していましたが、九月前後には水深百メートルから二百メートルの湖底で産卵していました。一年を通して水温が四度と冷たく、光がほぼ届かないところにいたことがわかっています。

一方、西湖は、一番深いところが七十一・五メートルしかありませんが、クニマスの産卵場所付近の水温を調べたところ、四度だったことがわかりました。

「卵のふ化試験では、水温を四度、八度、十二度と分けて調べたところ、八度の場合が最もいい成績でした。」

「今、飼育に使っている富士山の伏流水の温度は十二度。稚魚の飼育に適した水温を調べるには、まだまだデータの積み重ねが必要です。クニマスが西湖で生き延びてこられた条件を考えると、水温管理が重要となりますね。」

「水温はもちろんのこと、水圧や照度なども調べていかなければなりません。」

研究員たちは水や光の条件を課題に挙げ、今後の対策を講じていくことにしました。

二〇一三年（平成二十五年）三月十日。

クニマスの発見について報道されてから、およそ二年三か月が過ぎたこの日。山梨県水産技術センターでふ化させたクニマスの稚魚十匹が、ふるさとの田沢湖に車で運ばれ、「田沢湖ハーブガーデン・ハートハーブ」で展示されました。

山梨県内では、すでにクニマスの稚魚が一般に公開されていましたが、田沢湖の人たちにも早くお披露目したいと、山梨県側の計らいで実現することになったのです。

クニマスの養殖については多くのメディアで紹介されていたため、たくさんの人がこの日の展示を心待ちにしていました。

公開された稚魚はふ化してから約一年で、体長は十センチほどに成長しています。山梨県から車で輸送するのに十時間ほどかかりましたが、稚魚は水槽に移されても元気に泳いでいます。

「お帰りなさい。ここがふるさとだよ。」

会場には子どもから大人まで多くの人が詰めかけ、クニマスに対する関心の高さがうかがえました。

「田沢湖に放流できるのは、いつになるのだろうか。」

「早く、本当の里帰りができればいいね。」

このときの展示は二週間の借り入れという短いものだったため、地元の人々は、本格的な里帰りを早く実現させてほしいという思いをふくらませていました。


一方、山梨県水産技術センターでは、最初の人工授精から二年が過ぎた二〇一四年（平成二十六年）三月、クニマスの命をつなぐ新しい動きがありました。受精卵から誕生し飼育されていた七百匹のうち、早熟のメス一匹から約四百個の卵を採って人工授精させたところ、二十二匹がふ化したのです。これで「孫の世代」の誕生となります。

この報告を聞いた関係者たちは、だれもが手放しで喜びました。

「人工授精が二代続けられたのは、すばらしい成果ですね。」

「孫の代の稚魚が元気に泳ぎ出したことの意味は、非常に大きいと言えます。」

このまま養殖が順調に進めば、秋田県側への譲渡、そして、田沢湖への里帰りも早々に実現できるのではないかと期待が高まりました。

ところが、養殖のめどが立ったと思いきや、困ったことが起きてしまいました。人工授精による「第一世代」から生まれた数少ない「第二世代」がほとんど生き残れず、残り数匹まで減ってしまったのです。

順調に成長して体長が三十センチまで大きくなるものがいる一方で、弱って死んでしまうものがいるのはなぜなのか、原因を解明しなくてはなりません。

さらに、その後の調査では、クニマスと最も似た種類とされるヒメマスの九〇％は三歳で成熟し卵や精子をつくるのに対し、クニマスの場合は三歳で成熟したのはわずかに五％。そして、四歳までに成熟したのは約一〇％にとどまることがわかりました。

これは、ヒメマスに比べると、格段に低い数字です。また、二〇一五年（平成二十七年）の冬は、結局、正常な卵や精子は確保できませんでした。このように、

西湖で環境調査をする山梨県水産技術センターの研究員たち。

養殖化に向けた課題は、まだまだ山積みです。秋田県側は、繁殖が軌道に乗ったら、稚魚を提供してもらい飼育に乗り出す計画でしたが、いつになるのかという見通しを立てるのはまだ難しい状況です。

クニマスの繁殖についての危惧は、ほかにもありました。西湖でのクニマスの生息数を調べたところ、二〇一二年に七千五百匹だったのが、二〇一三年は六千四百匹、二〇一四年は四千四百匹、二〇一五年は二千六百匹（いずれも推定値）と年々減っていることも明らかになったのです。

野生の魚の数は年により増減が大きいので、これらの推定値は自然な変動の範囲に収まるものかもしれません。けれども、もし本当に減少の傾向にあるならば、産卵環境や親魚数の変化のほか、温暖化など地球全体の環境の変化がクニマスの生育に影響を与えている可能性も考えられます。

山梨県水産技術センターでは、西湖のクニマスが絶滅するといった最悪の事態に備え、東京海洋大学と連携し、卵や精子のもとになる細胞の凍結保存を進めており、二〇一五年（平成二十七年）までに、四十三匹のクニマスの細胞を液体窒素内で凍結保存することに成功しています。

一方で、二〇一四年（平成二十六年）から、クニマスの卵と精子を、飼育しやすいヒメマスやサクラマスに育ててもらう「代理親魚」という方法も試されています。この「代理親魚」の約二百匹が成熟すれば、クニマスの正常な卵と精子をより簡単に採るための道が開けます。今後の養殖や保全に向けた計画が広げられるのではないかと、関係者が大きな期待を寄せているプロジェクトです。

刺し網にかかった西湖の天然のクニマス。

クニマスの繁殖を実現するには、このように、養殖の技術を確立させる一方で、西湖のどこで卵を産み、どんな場所にすんでいるのか、また、何をどれぐらい食べているのかなどを突き止め、その生息環境についても明らかにしていかなければなりません。

そして、クニマスを保護するだけではなく、生態系のバランスについても慎重に見極めながら、その生息地である西湖全体の環境を守る必要があります。

絶滅したとされる魚が発見されたことは国内では例がなく、また、その完全養殖に挑むのも世界で初めてのこと。関係者は自分たちの使命を重く受け止めています。

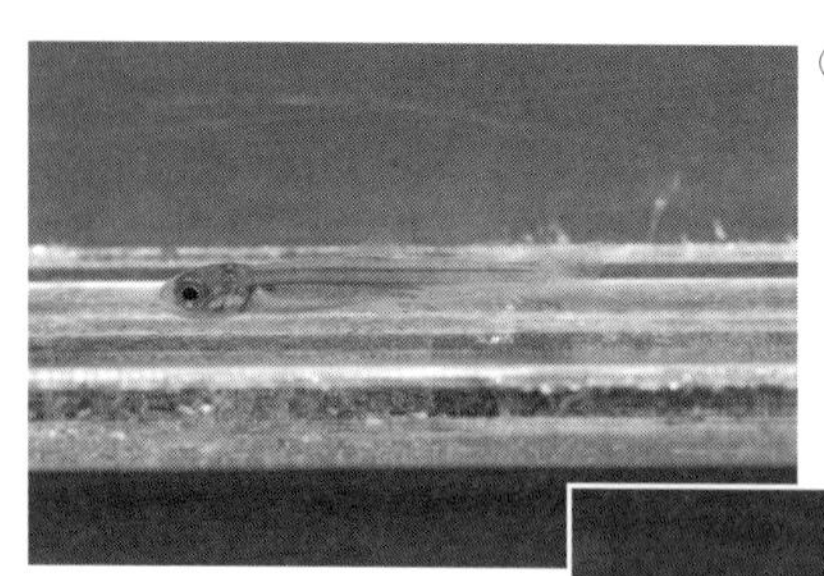

⑤ふ化後1か月の稚魚。お腹のさい嚢がなくなり、自分でエサを食べるようになる。

⑥ふ化後4か月の稚魚。体の横にパーマークと呼ばれる小判型の模様がある。パーマークはサケの仲間の稚魚の体にあり、普通は海に下るころに消える。

⑦1歳魚。ふ化後1年ほど経つと、パーマークが消える。

⑧3歳魚。成熟が進むと、銀色だった体色が黒みを帯びてくる。

〈クニマスの人工授精と成長するまでの様子〉

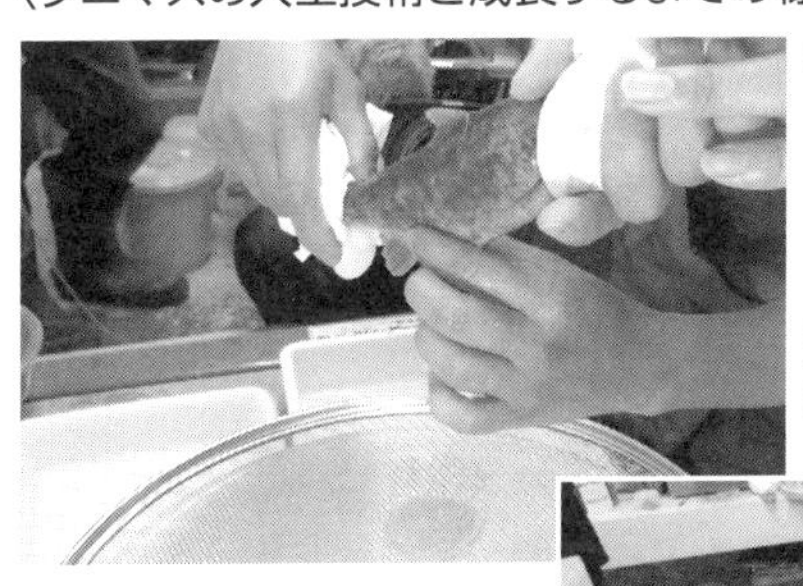

①成熟したメスのお腹から卵をしぼり出す。

写真提供(129～133ページ):山梨県水産技術センター。

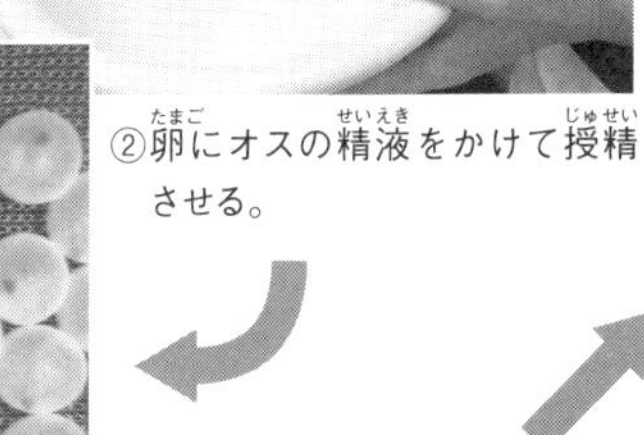

②卵にオスの精液をかけて授精させる。

③受精から1か月後、黒い目がうっすらと見えている。

④ふ化したばかりの稚魚。約1か月間、お腹にあるさい嚢の養分をとって育つ。

クニマスこぼれ話⑤　田沢湖の湖底を初めてカメラ撮影

2015年（平成27年）10月、田沢湖で潜水カメラを使った大規模な湖底調査が行われました。地形を把握したり水質データの収集をしたりすることを通して、湖の成り立ちや生態系など、これまで解明されていなかった実態を調べることを目的としたものです。

この調査は、田沢湖の再生をめざし秋田県仙北市が進めるプロジェクトの一環として、「海上技術安全研究所」が行ったもので、水深423mの最深部を撮影するのは初めてのことでした。

使用された水中テレビカメラつきのロボットは長さが130cm、幅が約60cmで、水深500mまで撮影できるもの。遠隔操作により湖底の様子を撮影し、その映像はケーブルで船上のモニターに送られる仕組みになっています。

「海上技術安全研究所」が公表した画像では、水深70m付近まで太陽光が差しこみ、それよりも深くなると青から真っ黒に変わったものの、200mあたりでは白い粉が漂っているように見えました。

さらに、400mほどの湖底になると、その白い粉が積もって雪原のような景色が広がっていることがわかりました。撮影した範囲には、生物も古い沈船のような人工物なども確認されませんでした。

撮影は423mの最深部のほか、「振興堆」「辰子堆」という、湖の中のふたつの溶岩ドームを中心に1.2～1.5kmを移動しながら6時間に渡って行われました。田沢湖では、湖面と下部の水が周期的に入れ替わることがわかっていますが、映像の分析が進めば、湖底の地形が水の対流にどのように影響しているのかがわかる可能性もあります。

田沢湖の調査では、大阪市立大学が音波による湖底の地形や地質の調査を、高知大学が湖底の堆積物の分析を、そして、地元の秋田大学が水質などの調査をそれぞれ続けています。いろいろな角度から田沢湖が調査分析されていけば、酸性水の中和処理についても、より効果的に行う方法が見出せるのではないかと、多くの関係者が期待を寄せています。

第十二章　田沢湖の再生をめざして

現在、田沢湖ではクニマスが生息できる環境をめざし、さまざまな取り組みが行われています。

二〇一六年（平成二十八年）七月八日。この日は、田沢湖の白浜でクリーンアップ活動が行われました。白浜は田沢湖では唯一、遠浅の地形をしています。以前は美しい鳴砂（注：石英を多く含み、歩くとキュッと鳴る砂）で知られていて、白浜という名前も、その砂の白さから名づけられたものです。けれども、湖が水力発電のダム湖になり水位が下がったとき、土砂などが流れこんだせいで浜が汚れ、砂も鳴らなくなってしまいました。また、水位の変動が大きいため砂が流され、鳴砂そのものも減ってしまったのです。

六月に続き、この日が二回目のクリーンアップ活動の日。鳴砂を復活させ、クニ

かつては美しい鳴砂で知られていた田沢湖の白浜。

マスの里帰りのためにも美しい湖をよみがえらせようと、小中学生から大人まで約百三十人が参加し、一丸となって清掃に取り組みました。

「踏めばキュッキュッと鳴るんだって。早く、その音が聞きたいな。」

「クニマスの里帰りのためにも、もっともっときれいにしなければね。」

田沢湖の新しい未来をめざし、子どもたちは次々に期待の言葉を口にします。

クニマスの発見以来、田沢湖の環境づくりに対する地元の関心はどんどん高まっていて、このクリーンアップ活動も地域に定着させたいとだれもが願っていました。それは、クニマスの里帰りのために尽力してきた三浦久さんも同じで、子どもたちの前向きな姿勢を心強く感じていました。

（この活動に加わった子どもたちは、田沢湖へ向ける目が明らかに変わるはず。田沢湖はみんなの宝物であるし、子どもたちにとっても心のよりどころになっていけば……。）

久さんは、子どもたちが田沢湖の自然環境を見つめたり、クニマスの今後について考えたりすることは、ふるさとに愛着を持ち、ふるさとを誇りに思うことにつながっていくに違いないと信じていました。


ところで、クニマスを田沢湖に里帰りさせるには、湖をきれいにするだけでは、ひとつの問題を解決したに過ぎず、もうひとつ大きな問題が残ります。それは、田沢湖の水質そのものを改善し、クニマスが生息できる環境にしなければならないということです。

そのため、玉川の酸性水については、田沢湖におよぼす影響をはじめ、中和させる方法について、いろいろと研究が進められてきました。

そもそも、クニマスが湖から姿を消したのは、田沢湖に「毒水」を引いたことが原因でした。玉川の「毒水」が導水された一九四〇年（昭和十五年）より前に観測された田沢湖の水は、ｐＨが六・三〜六・七でした。ｐＨというのはアルカリ性、酸性の度合いを示す指数（水素イオン濃度）で、七が中性で、七以下が酸性、七以上がアルカリ性となります。

導水から八年後の一九四八年（昭和二十三年）には、湖の表層付近はｐＨ四・五、水深三十メートルから四百メートルはｐＨ五・三と、田沢湖の水は急速に酸性化しました。

さらに、導水から二十五年後の一九六五年（昭和四十年）には、湖の表層から水深四百メートルまでがｐＨ四・五と、田沢湖全体が完全に酸性の湖になってしまったのです。

田沢湖の南側に広がる仙北平野の穀倉地帯は、玉川の水を田沢湖で薄めて農業用水として利用することで栄え、「米どころ」の秋田を支えてきました。けれども、予想以上の速さで湖の水が酸性になったため、湖から魚が姿を消したばかりか、周辺の土壌も酸性化してしまい、稲の病気が発生したり、米の収穫が減少したりしました。

玉川の「毒水」を引きこんでから五十年後、田沢湖をとりまく開発計画は新しい時代に入りました。酸性化した湖の水質を回復させるための対策が、ようやく講じられることになったのです。

一九八九年（平成元年）十月には「玉川酸性水中和処理施設」が完成し、一九九一年（平成三年）四月に本格運転が始まりました。

この施設によって、玉川の「毒水」の源泉とされる玉川温泉の「大噴」から湧き出るｐＨ一・一～一・三の強酸性水を、ｐＨ三・五以上になるように中和処理して放流できるようになりました。一日に使う石灰石は約四十トンと大がかりなもので、二十年あまりで田沢湖のｐＨは五・二まで改善するなどの成果を上げています。それでも、まだまだ酸性が強く、魚がすむのに適した環境とは言えません。酸性の水に強いとされるウグイは湖に戻ってきましたが、ほかの魚の姿は見当たりません。

水深が四百二十三・四メートルもある田沢湖の湖水は、温まりやすい上層部と冷たい湖底部との間で水の比重に差ができ、対流しにくいことがわかっています。貯水量も多いことから、湖全体が元通りになるには、かなりの時間がかかるのではないかと言われています。

〈玉川中和処理施設の仕組み〉

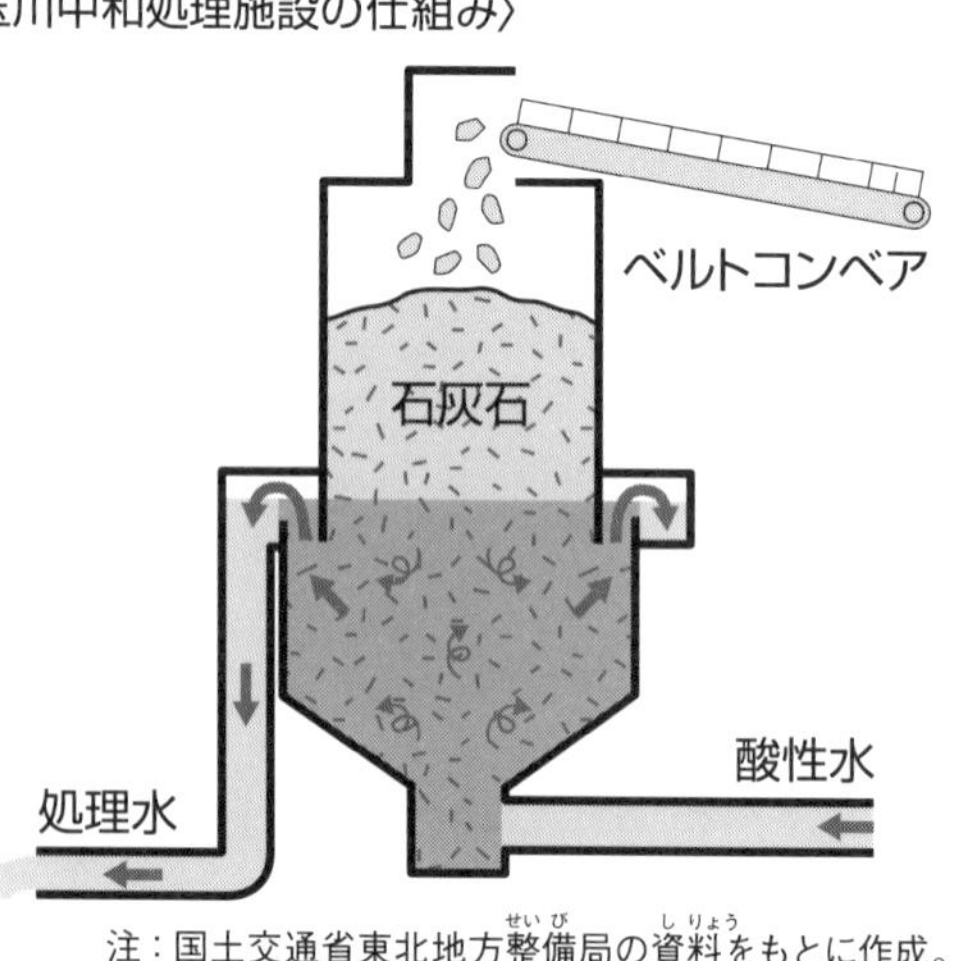

注：国土交通省東北地方整備局の資料をもとに作成。

「取り戻そう　森の湖　田沢湖を――」を合い言葉に、田沢湖を玉川の「毒水」が引きこまれる前の姿によみがえらせようと、住民団体の「田沢湖に生命を育む会」が結成されたのは、二〇〇二年（平成十四年）一月のことでした。三浦久兵衛さんも、この会が結成されたときに相談役として加わり、久兵衛さんが二〇〇六年（平成十八年）に亡くなったあとには、久さんが父親の気持ちを引き継いで参加していました。

当時、石灰石を使った中和処理により、湖のｐＨは少しずつ改善しているものの、石灰成分が湖に沈殿したり、湖の透明度を低くしたりする恐れがあるのではないかとの声がありました。

そのため、会員たちは、田沢湖を元に戻すには、酸性水の源である玉川からの導水をただちに止め、何十年、何百年かかろうとも、自然の力で湖が復活するのを見守るのが最良の方法ではないかと提言したのです。

「クニマスが絶滅した原因となった玉川の『毒水』がいまだに田沢湖に入れられて

発電に利用されている玉川上流の玉川ダム。

いる。この導水をすぐに止め、昔のように湖畔の沢から注ぎこむ水だけにすべき。そうしない限り、さまざまな魚が生き生きとすめる湖を永遠に取り戻すことはできない。」

久さんはこのように述べています。

現在、玉川には田沢湖の上流と下流にダムがふたつずつ建設されています。また、玉川水系の水が九か所の発電所に利用されるなど、田沢湖を取り巻く環境はこの五十年でずいぶん変わってきています。

「田沢湖に生命を育む会」の提言する玉川からの導水停止は、依然、実現していません。問題を解決するのは容易ではないということを、会員たちは深く受け止め、解決の道を模索し続けています。

「クニマスが生きていることがわかった今が、田沢湖の環境を見つめ直す、言わば最後の機会と言えるのではないか。」

「今こそ、田沢湖の復活を真剣に呼びかけていかなければ……。」

西湖で七十年ぶりにクニマスが発見されたことは、会員たちの田沢湖再生への思いをより強いものにするできごとでした。

二〇一七年（平成二十九年）七月一日。

クニマスのふるさと、田沢湖畔に「田沢湖クニマス未来館」がオープンしました。

前年の四月には、西湖のある山梨県富士河口湖町に「奇跡の魚 クニマス展示館」が完成しているので、これで「姉妹湖」提携をした両方の自治体に、クニマスにま

田沢湖畔にオープンした「クニマス未来館」。

水槽の中を泳ぐクニマス（2歳魚）。

西湖の湖畔にある「奇跡の魚　クニマス展示館」。

館内で展示されているクニマス。

つわる展示館が建てられたことになります。

「田沢湖の主の辰子姫は龍神で、水の神様。今日は雨が降っていますが、この雨は、辰子姫の祝意ではないかと思います。田沢湖の水質を改善させるにはかなりの年月がかかりますが、田沢湖の再生がかなう日は必ず来ると信じています。」

仙北市の門脇市長は、式典で力強く挨拶をしました。

田沢湖の水はまだ酸性で、クニマスがすめる水質にするには、数十年単位の時間がかかるのではないかと言われています。けれども、地元の人々はだれもが、どんなに時間がかかろうとも、ふるさとの湖でクニマスの泳ぐ姿が見たいと願っています。この「クニマス未来館」は、そのような人々みんなの思いが結集し、形になったものだと言えます。

「クニマス未来館」の北側には、美しい湖面が見渡せるように、ガラス張りの回廊が設けられています。また、館内には、かつて田沢湖のクニマス漁で使われていた

「クニマス未来館」館内の様子。

美しい曲線の回廊から、湖をながめることができる。

明治30年ごろに作られたクニマスの丸木舟（有形民俗文化財）。

昔使われていた魚籠。

丸木舟や漁具をはじめ、漁場の古い地図や文献が展示され、田沢湖の水質改善の取り組みなどがパネルで紹介されています。過去をたどることを通して、クニマスの未来を、そして、田沢湖の未来を見つめて欲しいというメッセージが伝えられています。

また、山梨県から借り受けたクニマス五匹も公開されています。体長が二十〜二十五センチに育った二歳魚で、西湖のクニマスから人工授精をしてふ化させたものです。

「よく帰ってきたね。」

「里帰りできて、本当によかったね。」

「ここで大きくなって、子孫を増やすんだよ。」

クニマスの帰郷を心待ちにしていた子どもたちは、だれもがクニマスの泳ぐ姿を食い入るように見つめていました。

クニマスの研究、そして、田沢湖の再生に尽力した三浦久兵衛さん、久さんの家からクニマス未来館までは、わずか二百メートルほどの距離です。

「クニマスは見つかったけれど、これからが正念場だ。ふるさとの美しい山や森、そして、この湖や川を守り、次代を担う子どもたち、孫たちに引き継ぐことが、自分たちの責務なんだ。」

久さんは、居間の窓越しにクニマスの供養塚をながめながらつぶやきました。

父親の形見とも言える供養塚に向ける久さんのまなざしには、これからも田沢湖をめぐる難題に取り組んでいこうという覚悟がうかがえました。

クニマスこぼれ話⑥　田沢湖の水質改善に挑む高校生たち

秋田県立大曲農業高等学校の生物工学部では、2010年（平成22年）に西湖でクニマスが確認されたのをきっかけに、「自分たちで環境を復元し、クニマスが里帰りできるようにしたい」との思いで、田沢湖の水質の改善に取り組んできました。

2011年（平成23年）に始めたのが「電気分解による田沢湖水の中性化」。電圧や電極の素材、電極の面積などを変えながら中性化効率を向上させ、初めは0.5リットルの湖水を中性化させるのに3時間ほどかかっていましたが、その後、1リットルの湖水を3分で中性にすることができるようになりました。

また、電気分解と同時に発生した水素を回収し、水素燃料電池を活用することにも成功したほか、再生可能エネルギー（太陽光発電）で得た電力を利用して、電気分解の効率化にも取り組んでいます。

玉川の上流に建てられた中和処理施設では現在、石灰石を使った中和処理が行われていますが、経費もかかるうえ二酸化炭素も排出しているため、生徒たちは、財政にも環境にも優しい「石灰石に頼らない中和方法」として、「電気分解を使った方法」を模索してきました。指導しているのは、生物工学科の教師で農学の博士号を持つ大沼克彦先生です。

2016年（平成28年）11月には、実験で作り出した水で魚が育つかどうかの検証をはじめ、田沢湖の近くにあるふたつの小学校に、メダカの飼育観察をしてもらっています。

「自分たちが作った水が、魚がすむうえで問題ないことを証明したい。この取り組みを知ってもらうことで、地元の小学生たちにも田沢湖の自然環境に関心を持ってもらうきっかけになればうれしい」と、高校生たちは意欲的です。

毎年、同校の生徒たちは、これらの取り組みの成果について、仙北市田沢湖庁舎で発表を行っています。高校生たちの探究心、田沢湖をよみがえらせたいという情熱に、市民から大きな期待が寄せられています。

おわりに——クニマスを守るということ

地球にはどれほどの生物が存在するか知っていますか。哺乳類、鳥類、魚類などから、昆虫や小さな細菌類のような生物まで合わせると、名前がつけられているものだけでも百三十七万種に上ります。けれども、最新の推計によると八百七十万種とも言われており、三千万種と主張している研究者もいます。

クニマスはそのうちの一種であり、私たち人間もそのうちの一種です。地球上にすむ生きとし生けるものに生きる権利があり、お互いに生かし生かされ、生命の鎖で結ばれながら生活しています。いろいろな自然環境にたくさんの種類の生物が生きていることは「生物多様性」と呼ばれています。

かつて、日本人は自然とともに歩んでいました。自然に身をゆだね、森や川や湖を上手に利用するなどしてその恩恵を受け、感謝しながら生きてきました。

けれども、あまりにも大きな力を持った人間は、便利な生活を手に入れるために森を切り開いたり湖や海岸を埋め立てたりして環境を破壊してきました。また、工場などから出る化学物質や、田や畑などで使った農薬などによる環境汚染で、野生生物のすみかや食べ物を次々に奪ってしまいました。

田沢湖のクニマスだけではなく、多くの生き物を絶滅させたり、絶滅に近い状態まで追いやったりしてきたのです。

一種の生物が絶滅すると生命の鎖が壊れてしまい、いろいろな悪い影響をおよぼします。魚や鳥などが一種類でも地球上から消えてしまうと、生態系のバランスが崩れ、地球の生物の一員として生きている私たち人間の生活も脅かされる危険性があるのです。

私たちは自然に対してもっと謙虚になり、ほかの生き物の存在価値を正しく認めていかなければなりません。地球上にすむあらゆる生物が平等に、この地球環境を分かち合うことができるように考えていく必要があるのです。

クニマスも同じ時代をいっしょに生きている仲間です。私たちはクニマスを二度と絶滅の危機にさらしてはなりません。西湖にすむクニマスの命を守り、その生息地である西湖の自然環境を守ることは、「生物多様性」を保ち、私たちの生活を、そして、私たちの未来を守ることにつながっていくのです。

「クニマスをふるさとの田沢湖に返すこと」――それをだれもが望んでいますが、私たちが本当にめざすべきなのは、「クニマスに田沢湖を返すこと」と言い換えることができるのではないでしょうか。

クニマスが西湖で発見されたことは、人間と自然のつながりがどのようにあるべきか、さらに私たちがどのように生きるべきかを考えていくための、大いなる自然からの教えなのかもしれません。奇跡の運命をたどった魚・クニマスが私たちに問いかける「いのち」の意味と重さを見つめていかなければなりません。

その昔、田沢湖は清らかな水をまんまんとたたえた美しい湖でした。数多くの魚が生き生きと暮らす、命あふれる湖でした。

酸性に強いとされるウグイの群泳は、田沢湖のあちらこちらで見ることができる。

　春夏秋冬、四季折々の彩りは、人々の心をいやしてくれました。喜びも悲しみも受け止めてくれる湖は、地元の人々にとって、かけがえのない心のふるさとでもありました。

田沢湖ができてから百七十万～

百八十万年とされる歴史の中、人間の身勝手で田沢湖のクニマスを死に追いやったのは、今からわずか八十年前のこと。

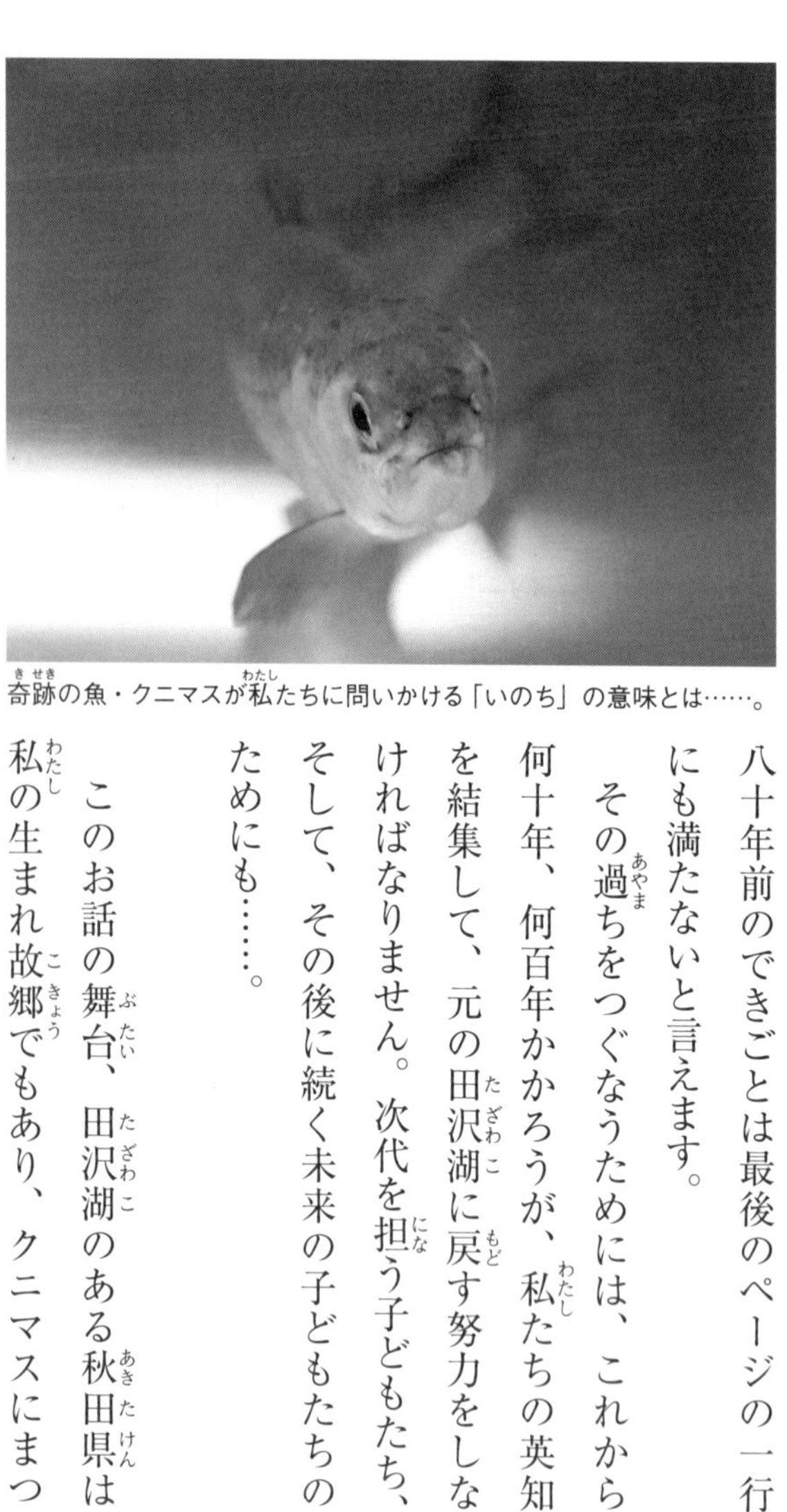
奇跡の魚・クニマスが私たちに問いかける「いのち」の意味とは……。

田沢湖の長い歴史を一冊の本に例えるなら、八十年前のできごとは最後のページの一行にも満たないと言えます。

その過ちをつぐなうためには、これから何十年、何百年かかろうが、私たちの英知を結集して、元の田沢湖に戻す努力をしなければなりません。次代を担う子どもたち、そして、その後に続く未来の子どもたちのためにも……。

このお話の舞台、田沢湖のある秋田県は私の生まれ故郷でもあり、クニマスにまつわる報道を見聞きするたび、辰子姫は田沢湖の奥底でどんな気持ちでいるのだろうかと思わずにはいられませんでした。

クニマスが発見されたのは喜ばしいことではあるものの、決してそれがハッピーエンドではなく、クニマスを田沢湖に返すための長い道程のスタートを切ったに過ぎないのだと思いました。

取材で田沢湖を訪れるたび、湖の水が何かを語りかけているように感じ、湖の悲しみに心が揺さぶられることもしばしばでした。そして、湖に寄せる地元の人々の思いといったものも合わせて、この「田沢湖の物語」を、多くの子どもたちに紹介したいという思いを新たにしました。

かつての清らかな湖水がよみがえり、クニマスが里帰りできる日は、いつになるのでしょうか。その日が来たら、辰子姫は神聖な湖を汚した私たちのことを許し、クニマスの復活を喜んでくれるでしょうか。

小さないのちをつないで生き延びてきたクニマスの未来を、そして、クニマスの母なる田沢湖の未来を、みなさんといっしょに見守っていきたいと願っています。

＊　＊　＊　＊

この本の出版にあたっては、関係者のみなさまに多大なご協力をいただきました。三浦久さん・富美子さんご夫妻には、田沢湖を訪問するたびに大変お世話になりました。また、「田沢湖クニマス未来館」（仙北市総務部）館長の大

田沢湖のたつこ像。辰子姫伝説にちなみ、湖のシンボルとして、1968年（昭和43年）5月12日に完成した高さ2.3mのブロンズ像。作者は彫刻家の船越保武氏。表面が金箔漆塗り仕上げとなったのは、酸性の強い湖水からの腐食を防ぐためとされている。田沢湖は四季折々の彩りに合わせて、湖面の色も変わる。たつこ像もそれに合わせるかのように独特の雰囲気を醸し出し、訪れる人々を魅了する。

竹敦さんには、原稿の内容や史実などについてご確認いただくなど、貴重なお時間を割いていただきました。本当にありがとうございました。

山梨県水産技術センター忍野支所長の岡崎巧さんには、クニマスの養殖についてご教示いただいたうえ、貴重な写真をたくさんご提供いただきました。いろいろとお骨折りくださった仙北市総務部企画政策課の齋藤洋さんにも、厚くお礼を申し上げます。

最後に、この本の出版にお力添えをくださり、細やかに配慮してくださった汐文社の門脇大さんに、心よりお礼を申し上げます。

二〇一七年九月

池田まき子

クニマス関連年表

一九〇二年（明治三十五年）	田沢湖の潟尻地区に秋田県水産試験場田沢湖鱒人工ふ化場が建てられる。
一九〇七年（明治四十年）	秋田県水産試験場が潟尻ふ化場で初めてクニマスの人工ふ化試験を実施。翌年七月、クニマスの稚魚九千匹を放流。
一九一二年（明治四十五年）	三月、槎湖（注：田沢湖の別名）漁業組合が設立される。組合員数は六十五戸。
一九一四年（大正三年）	潟尻ふ化場が廃止される。
一九二一年（大正十年）	十一月二十三日、最後のクニマス漁師と呼ばれた三浦久兵衛氏が秋田県仙北郡生保内村で生まれる。
一九二二年（大正十一年）	京都大学の川村多実二教授が、来日していた米国スタンフォード大学のデービッド・ジョーダン博士に三匹のクニマス標本を贈る。
一九二三年（大正十二年）	槎湖漁業組合が春山地区にふ化場を新設。二年後に秋田県へ寄付し、秋田県水産試験場が運営を担うことになった。

一九二五年（大正十四年）	デービッド・ジョーダン博士とアーネスト・マグレガー博士が、米国のカーネギー博物館が発行する刊行物で、クニマスが新種の魚であることを発表。
一九二七年（昭和二年）	一～三月、秋田県水産試験場が春山ふ化場でクニマスの人工採卵を再開。
一九三〇年（昭和五年）	秋田県水産試験場が八十万粒のクニマス卵を採卵。槎湖漁業組合が他県へ分譲するため六十五万粒を採卵。長野県野尻湖へ三万粒のクニマス卵を移植。
一九三一年（昭和六年）	秋田県水産試験場が八十万粒のクニマス卵を採卵。槎湖漁業組合が六十一万粒のクニマス卵を長野県、山梨県、富山県に分譲。九月、満州事変が勃発。
一九三二年（昭和七年）	秋田県水産試験場が九十三万粒のクニマス卵を採卵。槎湖漁業組合が他県へ分譲するため二十五万粒を採卵。
一九三四年（昭和九年）	東北地方が大凶作。田沢疎水事業計画決定。東北の振興運動が盛んになる。
一九三五年（昭和十年）	秋田県水産試験場が百万粒のクニマス卵を採卵。発眼卵九十三万粒のうち山梨県の西湖と本栖湖へ十万粒ずつ分譲。
一九三六年（昭和十一年）	東北振興電力株式会社設立。

一九三八年（昭和十三年）	槎湖漁業組合と東北振興電力との間で漁業補償が妥結。補償額は六万八千五百円（六十五戸で分けると一戸あたり約千円に）。
一九三九年（昭和十四年）	田沢湖から滋賀県の醒井養鱒場に二十万粒のクニマス卵を移植。 玉川河川統制計画が樹立し、田沢湖をダム湖とすることが決まる。
一九四〇年（昭和十五年）	一月二十日、玉川から田沢湖への導水開始（十九日に生保内発電所で運転開始）。
一九四五年（昭和二十年）	太平洋戦争が終結。
一九五一年（昭和二十六年）	東北電力株式会社設立。
一九七二年（昭和四十七年）	秋田県による簡易石灰石中和対策が始まる。
一九七八年（昭和五十三年）	三浦久兵衛氏が地元文芸誌「真東風」に「幻の魚国鱒」を寄稿。
一九八八年（昭和六十三年）	二月、三浦久兵衛氏がクニマスを探しに山梨県の西湖と本栖湖を訪問。
一九八九年（平成元年）	十月、玉川酸性水中和処理施設が完成。試験運転を開始。

一九九一年（平成三年）	四月、玉川酸性水中和処理施設での本格運転が始まる。
一九九五年（平成七年）	十一月、田沢湖町観光協会が百万円の懸賞金をかけて「クニマス探しキャンペーン」を開始。
一九九七年（平成九年）	四月、「クニマス探しキャンペーン」の懸賞金が五百万円に増額される。三年あまりのキャンペーン中に十三匹が鑑定されたが、クニマスと判定された魚はいなかった。
一九九九年（平成十一年）	十二月、三浦久兵衛氏の本栖湖訪問に、長男の久氏が同行。
二〇〇〇年（平成十二年）	田沢湖畔に蚕魚墳（蚕とクニマスの供養塚）が復元される。
二〇〇二年（平成十四年）	一月、住民団体「田沢湖に生命を育む会」が結成される。
二〇〇六年（平成十八年）	五月二十日、三浦久兵衛氏が八十四歳で死去。
二〇一〇年（平成二十二年）	六月十二日、「田沢湖丸木舟の会」（会長・三浦久氏）が、丸木舟「くにます」の進水式を行う。 十二月十五日、山梨県の西湖でクニマスが発見されたと報道される。 十二月二十一日、秋田県と仙北市が「クニマス里帰りプロジェクト」を立ち上げる。

二〇一一年（平成二十三年）	十一月二日、仙北市の田沢湖と富士河口湖町の西湖が「姉妹湖提携」を結ぶ。 山梨県水産技術センターが西湖で捕った天然クニマスで人工授精（二〇一一年十月～二〇一二年一月）。
二〇一三年（平成二十五年）	三月十日、田沢湖畔の施設で、クニマスの稚魚が公開される。
二〇一四年（平成二十六年）	三月、山梨県水産技術センターでクニマスの「第一世代」の人工繁殖に成功し、孫世代が誕生。
二〇一五年（平成二十七年）	十月、田沢湖の水深四百二十三メートルの湖底の様子が初めて撮影される。
二〇一六年（平成二十八年）	四月二十七日、西湖の湖畔に「奇跡の魚　クニマス展示館」が開館。
二〇一七年（平成二十九年）	七月一日、田沢湖畔に「田沢湖クニマス未来館」が開館。

注：秋田県仙北市編「クニマス―過去は未来への扉―」の「クニマス年表」を参考に加筆してまとめたもの。

おもな参考文献

「山の湖の物語　田沢湖・八幡平風土記」千葉治平・著／秋田文化出版社／1978年
「幻の魚国鱒」三浦久兵衛・著　『真東風』より／北浦史談会生保内支部／1978年
「目で見る田沢湖町30年の歩み」同刊行会・編著／1987年
「田沢湖まぼろしの魚　クニマス百科」杉山秀樹・編著／秋田魁新報社／2000年
「田沢湖のむかしばなし」まつださちこ・著／イズミヤ出版／2007年
「田沢湖のクニマス漁業と孵化・移植事業 —三浦家資料の分析—」
　植月学・三浦久・髙橋修／『山梨県立博物館研究紀要　第7集』より／2013年
「ふたつの川」塩野米松・著／無明舎出版／2008年
「釣りキチ三平　地底湖のキノシリマス」矢口高雄・著／講談社／2002年
「クニマス—過去は未来への扉—」秋田県仙北市・編／秋田魁新報社／2017年
「おしえて！さかなクン　第３巻」さかなクン・文と絵／角川つばさ文庫／2011年

著者 ―― 池田まき子（いけだ　まきこ）
1958年秋田県生まれ。児童書ノンフィクション作家。オーストラリアの首都・キャンベラに在住。「光と音のない世界で　盲ろうの東大教授・福島智物語」、「命の教室　動物管理センターからのメッセージ」、「まぼろしの大陸へ　白瀬中尉南極探検物語」、「木の声が聞こえますか　日本初の女性樹木医・塚本こなみ物語」、「もっと生きたい！　臓器移植でよみがえった命」（以上、岩崎書店）、「生きるんだ！ラッキー　山火事で生きのこったコアラの物語」（学研教育出版）、「平和のバトンをつないで　広島と長崎の二重被爆者・山口彊さんからの伝言」（WAVE出版）などの著書がある。

取材協力・写真提供（順不同、敬称略）
三浦久・富美子（秋田県仙北市田沢湖・たつこ茶屋）
大竹敦（秋田県仙北市総務部 田沢湖クニマス未来館・館長）
齋藤洋（秋田県仙北市総務部企画政策課・課長補佐）
岡崎巧（山梨県水産技術センター忍野支所・支所長）
三浦保明（山梨県西湖漁業協同組合・元組合長）
大沼克彦（秋田県立大曲農業高等学校・博士号教諭）
大沢政則（秋田県仙北市田沢湖・大沢写真館）
秋田県仙北市
秋田県田沢湖観光協会
山梨県水産技術センター
田沢湖に生命を育む会
田沢湖丸木舟の会
ピクスタ

装丁　宮川和夫
編集協力　河村祐子
編集担当　門脇　大

クニマスは生きていた！

2017年11月　初版第１刷発行
2018年６月　初版第３刷発行
著　池田まき子
発行者　小安宏幸
発行所　株式会社 汐文社
〒102-0071　東京都千代田区富士見1-6-1
TEL 03-6862-5200　FAX 03-6862-5202
http://www.choubunsha.com/
印刷　新星社西川印刷株式会社
製本　東京美術紙工協業組合

ISBN 978-4-8113-2423-4　NDC916